AVATAR

Kipple
officina libraria

AVATAR

Pubblicazione aperiodica di narrativa
redazione: Lukha B. Kremo, Sandro Battisti

18

gennaio 2015 © Kipple Officina Libraria
copertina © Luca Cervini
ISBN 978-88-98953-18-9
Kipple Officina Libraria - via Ignazio Canale, 5/2
16029 Torriglia (Ge)
www.kipple.it - kippleblog.wordpress.com

NeXT-Stream

OLTRE IL CONFINE
DEI GENERI

Introduzione

Esistono sensazioni difficili da descrivere. Ma a volte sono le migliori, quelle che ti danno piena soddisfazione.

Ci sono storie che vanno oltre i generi, sembrano prendere linfa da diversi campi.

Nel mondo vivono alcuni scrittori, anche molto noti, che si trovano a proprio agio con queste storie trasversali e queste sensazioni indefinite; scrittori che esprimono al meglio l'intenzione di questa raccolta. Ma citarli potrebbe sembrare un'autocelebrazione. E allora penseremo a loro senza nominarli, questi scrittori che pensano prima a esprimersi, e dopo alle convenzioni editoriali e alle etichette sotto cui finiranno incasellati. Scrittori che spesso nascono in un contesto di genere e prima o poi approdano su altri lidi, finendo per parlare a un numero di lettori molto più vasto degli appassionati di genere. Scrittori che sono catalogati in maniera riduttiva come *mainstream writers*, ma che si situano in una zona di confine e ricorrono all'ampia gamma di caratteristiche, situazioni e stilemi dei generi, rimescolandoli in una corrente unica che fanno propria. Scrittori che inventano realtà e forme letterarie stesse, che impongono nuovi canoni con cui misurarsi.

Scrittori che racchiudono i generi in un romanzo, il mondo in un racconto, la vita in una frase.

L'idea di questa raccolta ci è venuta ben tre anni fa: cercare di sdoganare i connettivisti dalla fantascienza, loro nido eletto. Non è stato facile perché i connettivisti sono un movimento, prima che un "tipo di scrittura o un gruppo di tematiche", come spesso si sente dire e negare contemporaneamente. E in effetti, ripercorrendo questi tre anni, ci siamo accorti di aver scartato molti racconti, anche di ottima qualità. Qualcuno era troppo "di fantascienza", altri erano troppo "*mainstream*", altri ancora non portavano con sé la sensibilità connettivista, l'attitudine alla sintesi di esperienze diverse e alla contaminazione, la concezione ambigua e arcana della realtà, spesso affrontata con le armi dell'epica (antica e contemporanea) e della sociopolitica.

Abbiamo cercato di lavorare privilegiando il principio della massima *inclusività* possibile dei diversi approcci, con il proposito di fornire uno spaccato variegato e attendibile della complessità da cui muovevamo.

Nelle prossime pagine potrete quindi imbattervi in una raccolta eterogenea di sensibilità e di punti di vista sulla scrittura non di genere o, per meglio dire, *oltre* i generi: contaminazioni di poliziesco e fantascienza che gli appassionati di entrambi i generi potrebbero incontrare qualche fatica a incastrare sotto una definizione univoca; scorci del futuro narrati secondo una prospettiva iperrealista; incursioni nel surreale e nel metafisico; soluzioni riconducibili alla *literary fiction*. E spesso potrete trovare diversi di questi approcci all'interno dello stesso racconto, proprio come se, parafrasando un precedente che ci è particolarmente caro, ogni racconto non fosse altro che il frammento di una rosa olografica.

Ma l'intento non è stato di proporre una nuova antologia dei connettivisti, bensì di percorrere una strada nuova, provando a definire il movimento quasi snaturandolo, trascinandolo lontano dalla sua culla naturale, la fantascienza, e chiamandolo a fare i conti con forme letterarie diverse. Naturalmente non era nostra intenzione recidere le radici del movimento e l'odore della fantascienza è garantito, ma è qualcosa che sta più o meno nel fondo, declinato secondo i codici della distopia o dello straniamento culturale, a seconda del racconto.

Leggendo quest'antologia il nostro consiglio è quello di lasciarvi andare, cercando di ignorare chi abbia scritto il racconto e se faccia parte o meno di un movimento.

Quello che in un'ultima analisi ci interessava, era proporre un bel libro di narrativa contemporanea, al passo con i tempi che corrono.

Ecco il risultato di questo tentativo.

Lukha B. Kremo, Giovanni De Matteo, Sandro Battisti

Chi si ferma è perduto

di Umberto Pace

In quel punto la litoranea si allontana dal mare per scansare la rupe, quella rupe dai tratti ripidi e duri come il profilo di una donna, che di giorno le navi avvistano da lontano e solo allora distinguono, aggrappati alle sue radici, alla massa dorata della cattedrale e al paese bianco, mentre di notte la indovinano dietro il faro, le pareti scabre illuminate dal rapido scatto della lampada.

Lasciandosi la rupe alle spalle, la litoranea non si fa subito incontro al vecchio compagno, ma procede obliqua e guardinga, per tornare a corrergli accanto solo qualche chilometro più avanti. Si disegna così un triangolo di terra sgombra e nuda, colonizzato da residenze provvisorie, cantieri sempre in corso ma affollati di panni stesi e mazzi di peperoncini, giardini di sterpi, poche dita di terra sulla gettata di cemento che le prime soleggiate di maggio già riducono in polvere, una rete di stradicciole dai fianchi irti di filo spinato, l'asfalto guasto. Poi, a ridosso del mare, subito oltre i reggimenti schierati di sedie di plastica e ombrelloni, ci sono le bandiere impolverate e logore, lo sparso armamentario di flaconi di creme, teli spiegazzati, ruspe di plastica, galleggianti tronfi in forma di coccodrillo e di delfino; sono, al di là del viale e dei piccoli ristori improvvisati che vi si affacciano, in uno spiazzo desolato: ecco infine il tiro a segno, l'autopista, la giostra di noi bambini. Il parco dei divertimenti dove mi portava mia madre da più tempo di quanto possa ricordare.

Un giro dopo l'altro, avrebbero dovuto capire. Ma gli occhi si lasciavano ingannare dalle luci, dalle migliaia di lampadine colorate, lampeggianti in sequenze misteriose; le orecchie erano rapite dalle parole delle canzoni, da cigolii sinistri, dallo strepito affannoso e incalzante, dalle musiche sulle cui ali i cavalli galoppavano attraverso praterie sconfinate, le astronavi solcavano gli spazi siderali alla volta di remote galassie. Mi incuriosiva il chiacchiericcio delle giovani femmine che si scambiavano a fior di labbra inauditi segreti, ed ero attratto dallo schiocco di mani maschili sempre pronte a sferrare uno schiaffo; da una spinta nasceva uno sgambetto e i giochi finivano in rissa o in uno scroscio di risate.

Fin dalla nascita, quando il capocerchio t'inietta il codice, il tuo cuore è con la giostra, batte con lei, sei già pronto per il piccolo spazio colorato di balocchi, il più veloce. Fin dal primo giorno senti l'ansia di stare al passo, di non perdere il giro, e nello stesso tempo il desiderio inconfessabile di smettere, di scendere e fermarti. Imparerai con il tempo che nessun cerchio è fisso, che anche la biglietteria scivola impercettibile su un binario lubrificato, che anche le alte campate che sostengono la copertura, e la trama di cavi appena sotto di esse, su cui scorrono i gabbiotti metallici delle vedette, dispensatrici di premi e punizioni, di imprevisti e opportunità, ruotano ogni giorno, ogni momento.

Solenne nei suoi paramenti dai bordi d'argento, il capocerchio accarezza la testa del neonato mormorando la formula di buon augurio: possa tu onorare e conservare il cerchio, viaggiare molti giri felici, vedere il rotore primo!

L'assistente vestito di nero aspira nella siringa monouso il contenuto di una fiala, il liquido trasparente in cui luccica l'evangelo del cerchio, e la depone nelle mani dell'officiante, fasciate di lattice giallo felpato, confortevole, resistente a ogni aggressione chimica; bacia la madre sulla bocca, gli scopre un piede, l'ago penetra, la siringa si svuota.

Ogni cellula entrerà in comunione con il cerchio, vivrà del suo movimento, gioirà delle sue vittorie e sarà pronta a sacrificarsi perché ogni nemico sia sconfitto. La superficie del cerchio avrà per lui l'apparente consistenza della terraferma, anziché l'instabilità ondivaga che espone al continuo inciampo, che non ti consente che un precario equilibrio.

Mia madre, tenendomi per mano, quasi mi trascinava tra le bancarelle che mettevano in palio pesciolini rossi, pupazzi da guerra, bambole di stracci; schivava i crocchi di ragazzi e ragazze, sempre di fretta, con il timore di aver scordato qualcosa, di un errore irreparabile. Eravamo sempre sull'orlo della disfatta. Comprava la mia quota di biglietti, c'era penuria di spiccioli, e l'uomo concedeva a sua discrezione qualche piccolo credito, rimandava l'incasso dei resti, le diceva sornione, chinandosi per sentire il suo profumo, che l'indomani avrebbe saldato, che non si preoccupasse, bella signora.

Lei mi ficcava in tasca i biglietti, mi accarezzava i capelli con gesto sbrigativo, e mi spingeva sul cerchio. Restavo lì esitante, in un'indecisione che annunciava il panico: presto tutti i posti sarebbero stati occupati, e mia madre non avrebbe approvato la motocicletta, troppo pericolosa: disprezzava le leziose automobiline fucsia, e i cavalli neri la inquietavano. Così dovevo ripiegare su una carrozza, un calesse, che avrei dovuto dividere con qualche altro bambino più piccolo. Ricordo che una volta era stato installato un cerchio cavo, con il fondo dipinto di azzurro. I veicoli di terra vennero rimossi, e al loro posto fissarono barche, motoscafi e velieri. Riempirono di acqua la cavità, e fu l'oceano, la brezza che mi avrebbe portato al di là delle secche, verso orizzonti senz'ansia, amichevoli mostri marini.

Scavalcai il bordo e partii, la prua increspava dolcemente la superficie. Ma si sa, il mare è pieno di pericoli. I bambini potevano inciampare e cadere scendendo dalle imbarcazioni, potevano macchiare di acqua certo non pulita i pantaloncini buoni, le vezzose camicine, perdere tra i flutti i cappellini con lo stemma.

Il cerchio fu smontato, si dovettero rimettere i piedi per terra. Ma l'anima si teneva al largo, imprendibile.

Nessuno ha dimenticato la crisi del '47, quando i biglietti parvero sul punto di scomparire dalla circolazione. La paura serpeggiava al passaggio dei controllori, con tutta quella gente fuori regola; i movimenti inconsulti, le scappatoie, la ricerca disperata di un rifugio che si scatenava tra la fine di un giro e l'inizio del successivo, per non dover esibire il biglietto, scansare l'inevitabile conseguenza: essere espulsi dal cerchio, essere costretti a scendere, rigettati nel vasto nulla dei diseredati, polvere nella polvere, che il rotore primo non riconoscerà nel giudizio dell'ultimo giorno.

L'intera durata del giro era trascorsa dai tentativi di procurarsi un biglietto per sé e i propri cari, o almeno una proroga legale, un lasciapassare con il timbro, ma i più dovevano accontentarsi di un falso, una contraffazione più o meno riuscita.

L'arte dei falsari si era fatta così raffinata, e tale era la penuria di documenti autentici, che la maggioranza non disponeva che d'imitazioni, di cui poi faceva traffico credendole vere.

Si assisteva molto raramente alla cacciata di qualcuno; in questo le autorità non potevano essere accusate di poca compiacenza, sicché si provava verso di loro anche della gratitudine, poiché questa trascuratezza nell'applicare la legge era considerata sintomo di buon cuore. Capitava tuttavia che il controllore facesse un gesto, la faccia rivolta in su, e dall'alto calassero le navette della sicurezza; i miseri colti in fallo venivano condotti a una botola che, aperta, dava accesso a strette scale in ripida discesa, dove venivano fatti sparire. Erano stati troppo sfacciati, si commentava, se l'erano cercata.

– Complimenti per il suo negozio, è veramente ben fornito.
– Non è un negozio qualunque – osserva il commesso con degnazione.
– Siamo una rivendita certificata, gli articoli ci arrivano direttamente dalla fabbrica.
– Niente intermediari, bravi.
– Vuole approfittare per una degustazione?
– Vediamo, vediamo…

– Qui alle mie spalle vede i valori non negoziabili. Li teniamo alla giusta temperatura e umidità con un macchinario apposito, brevettato, per impedire che ammuffiscano.

– Non è un campionario un po' ridotto?

– Abbiamo qui solo la quantità che riteniamo di vendere in tempi brevi; le scorte vengono conservate a quaranta gradi sotto zero, in congelatori sotterranei.

– E là in fondo?

– Le buone, vecchie religioni; ci sono ancora piccole cerchie di appassionati che acquistano il singolo gusto, magari la coppetta da passeggio, ma sono i frullati misti che vanno per la maggiore: è lì che mettiamo tutta la nostra inventiva nel variare le proporzioni, nell'introdurre sapori a sorpresa. Il prodotto non perde quella patina d'antico che è la gioia degli intenditori, e nello stesso tempo stuzzica con la novità, è interessante ma non impegna, piace senza essere buono.

– Siete piuttosto cari, però.

– Trattiamo solo materiale scadente, e ogni esemplare viene sottoposto a controlli accurati. Qui non troverà nulla la cui qualità non sia prossima allo zero. Questo ci permette una politica dei prezzi molto aggressiva nei confronti dell'acquirente.

Fu una di quelle sere d'estate; la luce del giorno sembrava non avrebbe mai abbandonato il cielo, tanto era lenta a spegnersi, e il tepore che durava dopo il tramonto non lasciava immaginare il lungo inverno, la scuola che sarebbe ricominciata, l'oscurità cieca e invincibile dei mattini di novembre.

Stavo acquattato in un ridicolo cocchio a forma di zucca, già stanco di premere il pulsante che faceva risuonare uno schiocco di frusta e un nitrito. La vidi passare su un puledro bianco, una magra bambina dai lunghi capelli scuri, lo sguardo malinconico fisso verso un orizzonte al di là del cerchio rotante, delle ombre dei grandi, dello spiazzo chiassoso. Non badava a quanto le accadeva intorno; non faceva caso alle evoluzioni del coniglio di pezza che scendeva e risaliva, con la promessa di un giro premio per chi ne avesse acchiappato la coda. Non accennava a slanciarsi, non allungava la mano, gli occhi restavano assorti in quell'altrove, lontano dalle promesse e dalle paure, un luogo di giochi segreti, meraviglioso e perduto.

Non potevamo andarcene, lo sapevamo entrambi: c'erano biglietti da consumare, ombre cui obbedire, che ci amavano e accudivano, che avrebbero comprato altri biglietti quando le nostre tasche fossero state vuote. Ma lei era stata là dove le foglie stormiscono, e le nuvole sono compagne d'avventura, dove un ciottolo è il talismano che addormenterà il drago affinché l'eroe superi incolume la prova. Laggiù le ombre, benché ci amassero, non potevano seguirci.

– Credi che mi piaccia portarti su questa giostra? Che non abbia di meglio da fare? Lo sai che mi telefonano a ogni ora del giorno, e mi scrivono, lo sai che morirebbero per una mia parola, una sillaba, un no? Potrei uscire tutte le sere e tornare all'alba, invece di coricarmi con le galline, capisci? Mi vedi? Guardami, stupida!

E l'ombra faceva un gesto che da lontano non distinguevo bene, solo mi faceva paura, come se fosse sul punto di estrarre un'arma; e prendeva la ragazzina per un orecchio, per costringerla a voltare la testa verso di lei.

L'ombra proseguiva a voce più bassa: – Sono stanca, stanca di star sdraiata su quel letto e fissare il soffitto, chiusa in quella stanza; di sentire le risate che vengono dalla strada, le auto che sfrecciano, il telefono che rintocca di continuo con inviti, proposte, e avere sempre davanti la tua faccia scontenta.

La tortura durava a lungo, mi sembrava interminabile; avrei voluto tapparmi le orecchie, ma non potevo perché era maleducazione; chiudevo gli occhi, a rischio di inciampare o sbattere contro un palo per non vedere gli strattoni, gli odiosi gesti di scherno con cui l'ombra sottolineava le proprie recriminazioni.

Le ombre al mio fianco non sono così, pensavo, e sentivo un po' di sollievo; materna illusione che, a mia salvaguardia, punta il faro sulle catene altrui, mentre a quelle che mi soffocano dà parvenza di cura e sollecitudine. Le ombre di cui ho imparato, con gli anni, ad avere pietà, considerando la lotta che affrontavano contro le sirene del cerchio, lotta infinita e disperata poiché il canto delle sirene arriva fin dentro le loro cellule, complice l'evangelo, fingendo mondi di felicità a portata di mano. Bastava una telefonata, un'occhiata furtiva che valesse da richiamo; c'erano carriere luminose e amplessi formidabili in premio, la sovrana facilità del successo che mai viene meno, la facoltà di decidere le mode, o almeno l'agiatezza che consentisse di seguirle: era tutto lì, dietro l'angolo, bastava dimenticarsi di chi le amava senza rimedio, l'amore è il peggior nemico dell'evangelo, poiché concede tutto e nulla chiede in cambio.

Sarà stato, io credo, tutto quel dolore e quell'amarezza a fomentare la rabbia: non solo per la mia esistenza, che poteva ben essere un caso sfortunato, ma per lo spettacolo di atroce e ottusa infelicità che mi circondava in cui vedevo ripetersi le stesse scene, scambiarsi le stesse battute giro dopo giro, accontentarsi del nulla ed esser contenti di poco, e quella povera contentezza difenderla con le unghie e i denti, perché solo il povero è geloso della propria povertà e sta sempre sul chi vive, sempre sospettoso nel timore che gliela portino via.

Così la rabbia si accumulava dentro di me senza che quasi me ne avvedessi; un evento fortuito poteva rallentare il processo, forse arrestarlo per qualche tempo: il sorriso di un controllore, una lode inaspettata, qualcosa che mi riconoscesse nel magma del pubblico pagante. Ma erano brevi pause, poi la rabbia tornava a crescere, tanto più incandescente e corrosiva quanto più mi cullavo nell'apatia.

Scoprii di non essere solo; scoprii che la rabbia covava in altri, e imparai a riconoscerli.

Ora sono terrorista per amore: della ragazzina dai capelli scuri e, lo confesso, di tutta questa massa ignara e futile che soffre divertendosi, paga per soffrire di più e meglio, si indigna perché vorrebbe celle più anguste, un rancio più disgustoso. Sono stato terrorista, in realtà, fin da bambino, quando avrei desiderato che quell'ombra terribile svanisse, a qualunque costo, con qualunque mezzo; ma non avevo che le mie mani, piccole mani impotenti, buone solo a coprire le orecchie.

Allora avevo più tempo, e anche se in concreto non potevo far nulla allenavo la mia mente alla vendetta e allo sterminio: quanti trionfi mettevo in scena, nel mio personale teatro della storia, e quanto sangue spargevo con gesto definitivo e felice, con l'ebbrezza di ritrovarsi, alla fine, sulla scena deserta; i pochi compagni fidati erano periti a uno a uno, nel corso di mille peripezie. Ora che questi sollazzi obbligatori non ci danno tregua, posso solo dire che il terrorismo è un'attività cui mi dedico febbrilmente nei ritagli di tempo, e che senza di essa mi sentirei perduto. I miei obiettivi sono più tangibili, sono gli obiettivi di un adulto responsabile che, com'è stato costretto a prendere sul serio quest'esistenza giocattolo, tanta maggior serietà e impegno mette nel distruggerla.

C'è stata una lunga discussione nel gruppo, per scegliere i membri della squadra. Poiché si dà per scontato che nell'azione si andrà incontro a morte certa: i candidati non devono avere legami, né famigliari né sentimentali. Io sono, a questo proposito, il soggetto ideale. Slegato da tutto e da tutti. Fluttuo, per così dire, mi allungo, mi accorcio, come un liquido denso e scuro che scivola piano sotto le porte, cola giù dai gradini delle scale senza aderire a nulla. Io, che sembro il più innocuo, l'uomo incolore, quasi trasparente, dalle natiche piatte e le guance flosce da vecchio, io sono il veleno, l'acido in grado di penetrare da parte a parte questa realtà che pare tanto dura, e dissolverla.

Non è strano che il candidato ideale per l'azienda lo sia anche per il terrore? Anche l'azienda infatti, come il terrore, vuole avere le mani libere, e disporre della risorsa nel modo più immediato e sbrigativo. Non tollera proteste, né tanto meno ribellioni di cui si vendica con l'oblio piuttosto che con il licenziamento. La differenza è che l'azienda non chiede la tua vita, si limita a prosciugarla di ogni linfa e sapore, per poi tenerla in ostaggio. Vi siete accorti di quanto più umano è il terrore che, al contrario, innerva ogni attimo di una vitalità così prepotente che la si regge a fatica, e per breve tempo?

E la clandestinità di cui ci ammantiamo nel dedicarci al terrore, una volta che le sirene del cerchio ne siano state espulse, è parte della nostra felicità; già soltanto nel sapere la verità, nel progettare l'azione che tale verità renderà a tutti evidente, possiamo dire che noi, pur essendo nel cerchio, non siamo del cerchio. Non ingabbia che il nostro corpo, e al suo tornare obbligato noi partecipiamo da estranei e stranieri, quasi cadaveri durante un funerale.

Non che non abbia provato a farmi una famiglia, quando ero più giovane. Saltavo agilmente da un cerchio all'altro, dai cerchi lavorativi a quelli di gioco; non c'era cambio di velocità o di direzione che mi facesse perdere l'equilibrio. Ma i miei tentativi andavano sempre a vuoto. Gli amori non duravano, come non durano i telefoni, e non perché si rompano. Basta che gli schermi non siano più così lucidi, i tasti rispondano con qualche esitazione, e si ricomincia a passare in rassegna le vetrine, a consultare i cataloghi. A volte è sufficiente un po' di polvere, un graffio anche impercettibile, uno spigolo con la cromatura opaca, e riprendi a far calcoli, a valutare pro e contro; finché il tuo crepuscolo si annuncia con l'amara consapevolezza che è inutile, i nuovi acquisti non riportano gli anni perduti, anzi la loro patina iperreale risulta umiliante, al punto che quasi non oseresti toglierli dalla confezione.

– Che belle gambe abbronzate, signora.

– Le piacciono? Ne ho gran cura, sa. Non ne vedrà di meglio depilate, in questo cerchio. Tocchi pure con mano.

– Non si disturbi, mi accontenterò di guardarle, un'occhiata ogni tanto, di sotterfugio.

– Che adorabile porcellino! – cinguetta la signora, compiaciuta. – Ma non guardi troppo a lungo, o si dimenticherà di cambiare posto.

– Glielo confesso, per quest'abbronzatura farei follie.

– Potrebbe sposarmi, di tanto in tanto. Così mi accompagnerebbe al centro estetico e chissà, forse uscendo la saluterei.

– Oh, generosa! Non posso permettermelo purtroppo, ho amicizie molto in alto, persone dabbene che non apprezzerebbero facce come la sua, per non parlare delle gambe.

– Che sciocchino – commenta la signora. – Lei è dunque totalmente inutile.

– Come tutti, del resto. Ma mi pare che il cerchio stia rallentando; vado. È stato un piacere annoiarsi con lei.

– La noia è stata tutta mia, caro corteggiatore indeciso, o mancato marito, se preferisce.

– Ci rivedremo? – chiede lui, mellifluo, già aguzzando gli occhi miopi verso altri sedili.

– Ma sì, ma sì – replica lei. – Ora però si sbrighi, benedett'uomo. Si faccia da parte, lasci sedere qualcun altro.

Quando si cambia cerchio, per un po' ci s'illude, per un po' ci si lascia prendere dalla novità di una scrivania, del volto che ci troviamo davanti. Quante speranze quando brigavamo per il biglietto che ci avrebbe dischiuso nuovi orizzonti! Pronti a lavorare giorno e notte, non ci tiravamo indietro davanti a qualche piccolo imbroglio, a qualche reato occasionale, i compromessi diventavano un'abitudine; pensavamo che, una volta saliti su quel cerchio, seduti su quel posto, saremmo tornati integri.

Ma tutti i posti si rivelano scomodi, con il tempo, e ci si trastulla nel rimpianto per situazioni e relazioni passate, un rimpianto che sfociava infine nella noia e nella vergogna. Allora vorresti che il cerchio si fermasse ma, come ormai sappiamo bene, ogni cerchio è ad altri più interni, e il rotore primo che trasmette il moto è legato ad altri rotori. I collegamenti tra i rotori sono molteplici e su ogni rotore è montato un sistema di frizioni che ne mantiene in presa uno soltanto; nel caso che un rotore si inceppasse, tutti quelli cui dà movimento lo isolano mettendo in presa il primo funzionante tra i molti disponibili. In tal modo l'area di blocco resta limitata a pochi cerchi e il danno non si propaga.

È chiaro che devono esistere uno o più rotori primi, direttamente vincolati alle fonti di energia, e che se questi s'inceppassero gli effetti sarebbero molto più gravi, al punto che sarebbe evidente a molti che questo perenne rivolgimento non ha nulla di naturale né di necessario come vorrebbero darci a intendere: la macchina continua a funzionare finché la si rifornisce di combustibile.

E non è quindi eterno, semmai a essere naturale è la sua fine. Ci siamo dati dunque il compito, noi terroristi, di tracciare una mappa generale dei rotori e dei loro collegamenti; e ciò non è possibile se non con azioni di sabotaggio, che provochino il guasto o la rottura di un rotore. E poi, quando siano stati individuati i rotori primi, adoperarsi con ogni mezzo per la loro distruzione.

– Lei sembra così tranquilla e realizzata.

– Sono realizzata, ma mi concedo delle nostalgie, qualche rimpianto.

– Rimpianti, lei? Stento a crederlo.

– Ma sì, come fare la lavapiatti o la cameriera in un locale di quart'ordine, sempre a corto di soldi, magari picchiata dal marito beone, biancheria intima del supermercato e i capelli straziati dalle tinte economiche.

– È dunque una romantica, in fondo.

– Sono sogni irrealizzabili, lo so. Ho dovuto lavorare sodo fin da ragazza.

– Non direi che la sua vita sia disprezzabile.

– Il denaro e il successo hanno dei vantaggi, glielo concedo, ma comportano gravi responsabilità. I figli, caro signore, camminano per conto proprio, se sono affamati mangiano, se hanno sete bevono. Se piangono li si ignora, e smettono. Ma le obbligazioni, gli immobili, i conti correnti: se vuoi che crescano li devi accudire ogni momento, giorno e notte, perché il mercato non dorme mai. E le confesso che trovare il tempo per un po' di svago, tra una speculazione e l'altra, è una vera impresa.

– Lei è davvero sorprendente. Ci parlerebbe di questi suoi svaghi?

– Gli svaghi me li invento da sola, sono sempre stata una creativa, sa che alle elementari facevano delle mostre con i miei disegni? L'ultima novità per me in fatto di divertimenti è fondare partiti politici; una cosa a metà tra il gioco di ruolo e la morra.

– Interessante. E vince?

– Non me ne preoccupo. Vincere, perdere... basta metterci un po' d'impegno, immedesimarsi nella storia, e certo non ci si annoia. Guadagnarsi i voti della gentucola è uno stimolo per l'immaginazione, basta non farsi scoraggiare dal buon senso, trovare il gesto, la parola giusta. Una volta Venanzio ha distribuito semplici saponette: ma prima ci si lavava le mani! Ersilia poi fu geniale, si faceva fotografare alle funzioni della domenica e per venire incontro, per essere alla mano, andava in giro con le stampelle. Anche in televisione ci andava così, con le stampelle. Mi ricordo quando diede una tal mazzata a quel professore... non ricordo come si chiamasse.

Furoreggiava, l'Ersilia, i poveracci l'adoravano.

– Pure Giangiacomo ha avuto un buon riscontro.

– Vuol fare la politica raffinata, lui, una politica per pochi. Gli sono sempre piaciuti i prodotti di nicchia, pensati nei minimi particolari. Ha il gusto del paradosso; si atteggia a mondano, ma dentro è un monaco di clausura. A lui non basta far ridere, vuole anche far pensare.

– La vediamo sempre attiva, sempre in movimento. Il pubblico si chiede come lei faccia, dove trovi l'energia. Ma non si ferma mai?

– Chi si ferma è perduto, caro, chi si ferma è perduto!

Il diario del senatore Giuliani
(Sette guerrieri contemporanei)

di Lukha B. Kremo

Sento che ora è il momento di confessarmi raccontando la mia storia in relazione agli incidenti del 20 luglio 2001 di Genova, durante quello che doveva essere il G8, un summit dei Paesi più industrializzati. Forse è perché domani sarò eletto senatore, un traguardo che personalmente mi rende felice molto più della cattura di Bin Laden, quattro anni fa; l'opinione pubblica non ha avuto un cadavere da sfregiare come Mussolini, e la storia recente della mia città non si è chiusa così.

Prendo in prestito le pagine di questo social network dedicato ai diari, non per descrivere le immagini che tutto il mondo ha visto in loop ossessivo, ma per raccontare ciò che ho fatto *prima* e *dopo*, negli anni prima e dopo l'evento.

L'incidente mi ha provocato un trauma, apparentemente guarito in poche settimane. Ma con il tempo, mentre riprendevo gli studi, ho scoperto che qualcosa era cambiato nel mio cervello. Psicologi e psicanalisti si sono succeduti con terapie che hanno avuto diversi riscontri. Quello che penso io, dopo quattordici anni di ossessioni e sogni ricorrenti, è che ho acquisito capacità sensitive. Si tratta di un termine generico, spirituale più che esoterico, ma non m'importa definirlo meglio.

Vi racconterò per sette volte cosa è successo. Potete leggere questi resoconti come realtà alternative, fenomeni paranormali di ubiquità, oppure prospettive psicologicamente diverse della stessa storia; gli scettici potranno pensare semplicemente a sogni lucidi. Posso solo assicurarvi di aver vissuto tutte e sette le vicende.

I

Non ho ancora deciso di partecipare al corteo contro il G8. Non è urgente: abito a Genova e frequento centri sociali, probabilmente ci finirei comunque. Per questo non ci penso minimamente.

La città si prepara all'assedio, ma nessuno può immaginare come andrà andata a finire. Un po' di tensione c'è, ma non è la prima volta.

Si chiama Silvia, un nome che non mi piace affatto, troppo borghese. È magra, mora, carina e trotkzista. Quanto basta per me, ancora ventenne, per innamorarmi.

Silvia ha una casa fuori Genova, una specie di rudere ristrutturato e mi ha invitato per una grigliata. La carne alla brace non è molta, almeno rispetto all'alcool, e a un certo punto mi ritrovo con molta naturalezza nel letto accanto a lei. Nonostante l'alcool ci pesi sulle teste, dopo l'amore, parliamo per il resto della notte. Una notte magica e scintillante, anche se non ci sono né luna, né stelle. La luna è lei, che indossa la lunga chioma nera, mentre io ho annullato le sensazioni corporee, sono completamente in lei, nella sua voce, nei suoi grandi occhi neri.

Il giorno dopo mi propone di partire per qualche isola del Mediterraneo. È come se mi stesse descrivendo il mio passato. Come se mi raccontasse un fatto già successo. E io inseguo il mio destino, senza sapere che è lui a inseguire me.

Quando avvengono gli incidenti di Genova sono ben lontano dai fatti. Sgrano lo sguardo osservando la mia città bruciare dentro il televisore. Rinvengo dalla sospensione amorosa, da qualche parte tra le fiamme dev'esserci la mia casa, da qualche parte i miei genitori.

Quattordici anni dopo

La vita coniugale è difficile da descrivere, è una pletora di sensazioni, empatie, idiosincrasie che s'intrecciano pericolosamente fino a creare la tela dell'odio. Mia moglie odiava quando mi grattavo con le unghie, io non sopportavo i ciangolii quando masticava.

Vi racconterò i fatti in modo cinico e conciso, come li ha descritti il giudice. Mia moglie soffriva di depressione e manie di persecuzione. Io avevo un esaurimento nervoso e non l'aiutavo per nulla. I primi di luglio sono partito in vacanza con gli amici del trekking. Lei ha avuto una crisi più forte del solito e mi ha chiamato insistentemente al cellulare. Ma in alta montagna non c'è campo. Lei ha aperto la portafinestra e si è messa a cavalcioni sul parapetto del balcone. I testimoni l'hanno vista flemmatica, con il volto pallido, gettarsi a corpo morto dal sesto piano.

II

No, davvero, fare l'amore è una cosa meravigliosa, ma ho capito che nell'aria c'è qualcosa di particolare, che questo corteo anti G8 dev'essere storico. E per un genovese di estrema sinistra come me, sarebbe stata una vergogna non partecipare. Così, all'ultimo momento, ho promesso a Silvia che avrei accettato il suo invito un'altra volta. Succedono sempre insieme le cose belle.

Capisco subito di aver fatto la scelta giusta: il corteo viene attaccato dai lacrimogeni e la battaglia comincia. Molotov in piazza Manin, il discesone di via Assarotti di gran corsa, poi l'attacco alle palizzate di rete d'acciaio alte sei metri di piazza Corvetto. Cominciano gli incendi, auto e vespe (dei manifestanti) rovesciate e poi bruciate, fumo dappertutto, tosse e limoni per gli occhi. In condizioni come queste subisci o reagisci, e se subisci per troppo tempo, poi reagisci.

E allora si scende di corsa giù verso Brignole, dove tutti i cortei si sono concentrati. Un pigia-pigia di manifestanti incazzati, l'attacco frontale e deliberato di Polizia, Celere, Carabinieri e Finanzieri.

Ben stretta nella tenaglia delle Forze dell'Ordine, meglio equipaggiate e organizzate, con direttive dagli elicotteri, la rabbia della folla supera il livello della paura.

In via Tolemaide non c'è più un corteo: c'è una bolgia di disperati che si butta all'assalto dei mezzi degli sbirri. Camionette, cellulari e fuoristrada che bruciano.

Ho il volto coperto e l'aria è irrespirabile. Così, in quello scenario di pericolosa guerriglia urbana, dove da piccolo andavo a comprare la focaccia e il gelato, scorgo l'esile figura di Silvia che tossisce, in ginocchio. Poco lontano, un poliziotto la sta raggiungendo sventagliando con forza un manganello.

Scatto come un felino, mi scopro il viso e l'afferro da un braccio, traendola verso di me.

Silvia mi riconosce, recupera le forze da un cassetto che non pensava potesse avere. Un cassetto che le avevo aperto io. Via dai tafferugli, via da Brignole.

La corsa a mani unite è drammatica e struggente come solo un romantico potrebbe raccontare. Ma è la realtà, e questa non ha mai il sapore mitico quando la si sta vivendo, ma quello divertente e assurdo dell'avventura. Un eccesso di emozione che va esorcizzato. Un eccesso di emozione che saremmo riusciti a calmare soltanto a notte inoltrata, con due gocce di eroina.

Quattordici anni dopo

Poco importa se domani entrerò al Senato. Poco importa se qualcuno mi guarderà in modo strano. Una confessione dev'essere completa. Diciamo che me la gestisco, così almeno sostengono i tossici più resistenti, quelli che continuano per anni a lavorare e avere una vita sociale normale. Dopo i primi tempi ci si assesta grazie a una flemma, a un tono di voce pacato, a degli occhiali scuri. La gente ti considera un po' strano, asociale, probabilmente un cannaiolo, ma alla fine non te ne frega proprio niente e vai avanti finché puoi. Silvia non era così. Del resto è più difficile, per le donne, fingere di non essere tossicodipendenti. Lei se n'è andata una sera di novembre, nel parcheggio della Fincantieri, per una dose sbagliata.

III

Insomma, il gesto lo avevo fatto, Silvia si è risparmiata un sacco di manganellate, e questo basta. Ma andarsene via così, in quel momento concitato, non è proprio possibile. Gli sbirri sono scappati in via Crimea, poi in piazza Alimonda. Quei deficienti dei *caramba* si sono incastrati con il cassonetto dell'immondizia, il panico li faceva guidare il fuoristrada come gli autoscontri dei lunapark. Retromarcia e sterzo, nei loro cervelli, erano due concetti incompatibili.

Sono in trappola, i manifestanti cominciano a lanciargli sassi, devono scappare dal mezzo, come hanno fatto altri loro colleghi poco prima, così la folla lo conquisterà per incendiarlo.

Ma loro resistono, i più arditi gli sono addosso, black bloc, ultras, qualche mina vagante. Cercano di sfondare i finestrini con delle assi. Io mi guardo attorno, hanno già preso i pezzi migliori, quelli più grossi e maneggevoli. C'è rimasto solo un estintore, ma non ho proprio idea in che modo mi possa servire.

Poi il fuoristrada riesce a muoversi, accelera in retro e fa spostare gli assedianti quel poco per aprirsi la via verso la fuga.

L'inseguimento va avanti ancora un po', ma le strade sono tortuose, e gli sbirri arretrano fino a formare una barriera invalicabile in via Torino.

Ora c'è più spazio per ragionare, per riposare, per la cautela. E la guerriglia si placa nelle solite scaramucce.

In un momento di stasi mi torna in mente Silvia, e il mio cervello gira velocissimo un filmino dove io e lei siamo i protagonisti. Dove io e lei siamo insieme in un letto, durante una notte scintillante e magica.

Rimango con il dubbio di aver sbagliato, di aver affrontato un'inutile lotta conto il nulla, una battaglia contro servitori statali sottopagati, che non avrebbe visto vincitori, al posto di una battaglia d'amore che non avrebbe visto sconfitti.

Quattordici anni dopo

Vogliono fare una legge per non eleggere senatori condannati. Ma ancora non è stata approvata. Io sarei tra questi. Dal giorno degli incidenti ho cominciato a giocare. Non più con la politica, ma con le carte. Il poker mi ha indebitato quanto è bastato per lavorare gratis tutta la vita. Allora l'azzardo è diventato più grosso, illegale, finché i soldi servivano a una velocità tale che non mi restava che la rapina in banca.

Non vi racconto i particolari, li potete leggere sul *Secolo XIX*, ma andò bene. Portammo via 400 mila euro da dividere in tre. Stupidi sogni alla *Scarface* s'impossessarono di noi, e il dubbio era se fermarsi o andare avanti.

Sogni che durarono solo due giorni. Giusto il tempo di festeggiare con champagne e prostitute.

Mi dettero solo sei anni, in fondo avevamo usato pistole giocattolo ed eravamo alla prima rapina. Scoprii troppo tardi che nella carriera di un rapinatore si comincia con la drogheria sotto casa, che per la banca bisogna aspettare, avere un piano perfetto, magari un basista.

Silvia mi venne a trovare in carcere, mi aveva riconosciuto sui giornali e si presentò con il suo nuovo fidanzato. Non si rese affatto conto che ciò mi fece incazzare ancora di più.

IV

Sì, un bell'estintore rosso fuoco e pesante. Se non spacca il finestrino, magari lo fa scoppiare, chi lo sa? Un ragazzo giovane, con il volto coperto, mi anticipa di un soffio. Prende quell'affare a mo' di arma e si avvicina minaccioso verso il fuoristrada intrappolato. È ormai vicinissimo al mezzo quando si sentono due spari, netti e ravvicinati. Il corpo del ragazzo cade a terra come se si fosse buttato per evitare il colpo. La gente grida, non ha ben capito se quegli spari provengono effettivamente da una pistola. Il fuoristrada esce dall'empasse e fa retromarcia. Nel percorso incappa nel corpo del ragazzo, travolgendolo. La folla grida. Il mezzo, come se niente fosse, ingrana la prima e riparte via correndo, senza evitare di passare nuovamente sopra il corpo del povero ragazzo.

La folla insulta gli sbirri per il gesto e si precipita sul corpo. Un fiotto rosso vivo esce dalla tempia come da una piccola sorgente. Si prova a fare qualcosa, a tamponare, ma il ragazzo è già morto, il primo colpo di pistola gli ha attraversato il cervello.

La scena mi rimane fissata da qualche parte in testa come un fotogramma impresso sulla corteccia cerebrale.

Rivedo la scena immobile, come in un presepe: gli astanti intorno al mezzo in religioso odio che portano doni contundenti e, al centro, il carabiniere che difende la mangiatoia con il ferro. La sospensione della Genova-Betlemme ha un che di magico e terribile. E io non lo posso sopportare.

Quattordici anni dopo

Vi ho già parlato del suicidio di mia moglie Silvia, vi ho già parlato della mia condanna, vi ho parlato anche del "vizietto" che mi tiene prigioniero il sangue. Ciò di cui proprio è meglio che non vi parli, sono certi morbosi desideri che ho sviluppato da quei giorni. Qualche medico le chiama perversioni sessuali. Vi basti questo. La gente ha una fantasia sfrenata in questo campo, non immaginate quanto. Tacchi, frustini, corde, nodi, sculacciate, esibizionismo, sesso di gruppo. Scopritelo da voi, su internet trovate tutto. Ma non posso dirvi cosa mi piace, questo proprio no.

Cronaca

"Il cadavere del neoeletto senatore Giuliani è stato rinvenuto nella sua abitazione ligure con una corda attorno al collo. Gli inquirenti parlano di un particolare tipo di suicidio, non volontario, provocato da autosoffocamento erotico. In pratica Giuliani si cingeva stretta una corda al collo per avere la sensazione di soffocamento, effetto che gli provocava piacere fino a raggiungere l'orgasmo."

V

Pensare, in questi casi, è la cosa peggiore. Riflettere su come comportarsi durante una battaglia è ridicolo. Quell'estintore mi ha chiamato, bello, turgido e rosso. Nemmeno l'avevo visto e già lo avevo tra le mani. Altrimenti l'avrebbe preso qualcun altro. Ma io sono fatto così, mica ho pensato di andare con Silvia, non ci sono andato e basta. Non volevo nemmeno essere in prima linea, qui a combattere, eppure ci sono. Non volevo aggredire gli sbirri con un estintore.

E invece eccomi lì, in tutte le foto del mondo a brandire un panciuto bidone rosso, mentre una pallottola mi attraversa il cervello. Sospensione di mille presepi. La vita in un microsecondo. L'istantanea che è la somma di tutte le mie storie e delle mie scelte. Ora dicono che sono *ancora vivo*, eppure il mio corpo è caduto morto all'istante, senza rialzarsi mai più.

Quattordici anni dopo

Piazza Alimonda.
*In questo luogo, il 20 luglio 2001, Carlo Giuliani, ragazzo,
è stato colpito a morte da un proiettile sparato dalle Forze dell'Ordine.*

VI

Insomma, Silvia, l'idea è strabiliante, ma abbiamo l'intera estate davanti, forse la vita intera, e questo weekend vorrei proprio restare a Genova. Una Genova sdegnata dai pusillanimi piccolo-borghesi e finanche dagli operai timorosi di rappresaglie. Ma anche una Genova di chi resiste, di chi stende i panni fuori dalla finestra perché Berlusconi lo ha sconsigliato. In fondo è sempre la città dei Mille.

Così la saluto ed esco dalla sua casa. E succede una di quelle cose che per un marxista razionalista come me è difficile da accettare. Va via la luce mentre sono in ascensore.

All'inizio è solo questione di qualche imprecazione originale. Il cellulare non ce l'ho, non è ancora fondamentale come oggi, l'ho lasciato a casa. Il campanello di emergenza non funziona, troppo vecchio. Comincio a battere con i pugni, a urlare qualcosa.

Ma passano i minuti, passano le ore e non si sente nulla. Silvia non mi aspetta di certo, possibile che nessuno si sia accorto del blocco? Probabilmente la sera nessuno è uscito o rientrato in casa, e mi rassegno a trascorrere la notte.

Mi accorgo che è l'alba da uno spiraglio di luce. Faccio un po' di baccano, qualcuno uscirà per andare a lavoro, prima o poi. Ma passano le ore e nessuno si fa vivo.

Non so che ore si fanno, ma comincio ad avere sete e a essere parecchio nervoso. Batto i pugni con tutta la forza. Oggi è il primo giorno di manifestazione anti G8, probabilmente la gente è già scappata, e anche Silvia, ma possibile non si sia accorta che l'ascensore è bloccato?

Sotto i colpi sempre più forti sento che la lamiera cede. Mi faccio forza e cerco di assestare colpi più decisi, netti, circoscritti in un solo punto. Sono necessarie quelle che a me sembrano un paio di ore per sfondare la lamiera e accorgermi che in alto, proprio alla sommità della cabina, c'è l'apertura al piano. Una trentina di centimetri, ma sono magro e agile abbastanza per poterci arrivare.

Mi aggrappo con forza alla base del pianerottolo e mi tiro su, incuneandomi nell'apertura. L'attrito del piccolo pertugio mi graffia l'addome, ma ormai non sento altro che il sapore ritrovato della libertà.

L'edificio è silente, pare abbandonato. La paura del G8 ha colpito anche qui.

Fuori, è anche peggio. Una Genova spettrale. Case arroccate una sull'altra e strade deserte, senza nemmeno le macchine parcheggiate. Un'atmosfera irreale, come solo una gestione pessima del summit poteva creare. Mentre scendo verso i quartieri bassi non incontro anima viva, penso che prima o poi il caos mi coinvolgerà come una marea improvvisa, uno tsunami in un giorno di calma piatta. Ma poi vedo i pennacchi di fumo. E le fiamme. Purtroppo gli incidenti si sono già verificati. Brignole sta bruciando, il centro sta bruciando. Dev'essere un disastro, a giudicare dalla quantità di fiamme e fumo. Una città distrutta.

Quattordici anni dopo

Se mi avete seguito fin qui, sarete premiati. Perché un trucco per mettere in primo piano i propri pregi è elencarli dopo i difetti. Purtroppo il mio non è un pregio, ma sono sicuro che avrà un effetto simile. Forse mi perdonerete la tossicodipendenza, o i miei strani gusti sessuali, o addirittura la rapina in banca. Sono nella fase terminale di un carcinoma all'intestino entrato in metastasi e che ora ho in tutto il corpo, anche se dovrebbe esserci un termine per indicare che anche questa fase è alla fine. Da qualche settimana ho interrotto la chemioterapia, e vado avanti con la morfina e farmaci palliativi, quelli della "dolce morte". Ma devo essere felice: domani sarò eletto senatore e oggi ho avuto un permesso speciale per visitare per l'ultima volta la mia città, sospinto in carrozzella.

Non riesco nemmeno più a scrivere, ho soltanto la forza di dettare con il rivolo di voce che mi rimane. Inutile aprirvi il cuore descrivendo il mio corpo ossuto e il mio volto calvo e tumefatto, molti di voi hanno già visto qualche parente o amico in queste condizioni. Sì, perché il cancro è ormai uno dei mali più comuni. E io me lo sono preso a Genova, nel 2001.

VII

Come vi ho anticipato, ho descritto le sette versioni di questa mia esperienza. Molte di loro hanno cose in comune e sono dei seguiti della storia. In fondo, nel raccontare, oltre alla realtà che si prende gioco di noi, c'è la nostra meravigliosa psiche che, minuto dopo l'altro, per tutta la vita ricostruisce i propri ricordi. Nel farlo è molto fedele, ma non tiene conto dei rumori di fondo, dei micro-choc successivi, delle emozioni che tendono a cancellare il passato e a modificare dettagli sempre più grossi.

E in questo "telefono senza fili" è difficile individuare la storia giusta.

Poi ci sono gli altri, chi ti circonda che ti racconta qualche dettaglio in più, o addirittura una storia diversa dalla tua. Questa settima versione è quella che racchiude tutte le altre e il consenso di chi mi conosce, perché è qui davanti a me, che mi ascolta.

Un ascensore è una specie di macchina del tempo. Nel mio caso, lo è stato. Mi ha isolato dal mondo per un giorno e una notte. E mi ha catapultato nel disastro.

Il 20 luglio 2001 è diventata la data che tutti ricordano, una cesura nel tempo. Nessuno poteva aspettarsi quello che è successo, così almeno hanno detto i servizi segreti di mezzo mondo. Anche se il sentore di qualcosa del genere c'era stato, ma era stato preso come un pretesto per alzare la tensione.

Sembra assurdo, eppure è successo veramente: com'è stato possibile che una nave da guerra battente bandiera liberiana avesse a bordo un intero equipaggio di talebani afghani e nessuno se ne fosse accorto? Com'è stato possibile che fosse entrata nel Mediterraneo senza che nessuno l'avesse fermata prima? A quel punto, con una nave armata fino ai denti di missili terra-terra con testate nucleari di produzione russa fuori dal porto di Genova, come è stato possibile che l'allarme sia stato dato soltanto poche ore prima?

Qualcuno ha avuto il coraggio di parlare di circostanze fortuite. Il G8 aveva già svuotato la città ed è bastato evacuare il summit, le Forze dell'Ordine e i manifestanti per ridurre a poche centinaia di disperati la popolazione di una città da 600 mila abitanti.

Le testate nucleari hanno impattato con la città come petardi su un modellino e le radiazioni hanno contaminato l'intera zona urbana. Dei pochi rimasti, metà sono morti per gli impatti e i crolli, l'altra metà è stata irrimediabilmente colpita dalle particelle gamma. E io ero lì, a guardare questo spettacolo assurdo e impossibile.

A dirigere i talebani, poi si è scoperto che c'era questo personaggio invasato, Osama Bin Laden. Che sia musulmano è secondario, è un ricco che segue i propri interessi.

Hanno cancellato una piccola metropoli dalla lunga storia, e ora c'è chi si lamenta della provincialità dell'Italia rispetto all'impero americano. Una cosa del genere, dicono, non sarebbe mai successa a New York, a Washington o in un altra metropoli del genere. Ma a Genova era possibile, sì.

Silvia, aiutami a scrivere queste ultime parole, perché le mie ore sono agli sgoccioli e hai promesso di spingere la mia carrozzella per le strade di Genova.

Quattordici anni dopo

Le edere si sono inerpicate sui muri e sembrano mani demoni con il desiderio di portarsi i palazzi con sé nel loro mondo sotterraneo. Le poche auto e gli scooter abbandonati giacciono spesso in mezzo alla strada. Le serrande di alcuni negozi sono rotte e fanno intravedere ancora i prodotti. Sui binari di Brignole, così come a Porta Principe, sono adagiati i cadaveri dei treni, aggrediti da erbe invasive. Le strade sono interrotte da macerie e pezzi di cornicioni. Il resto è un enorme intrico di canyon silenziosi con alle spalle il mare, che si è già preso parte della banchina di Caricamento.

Il monumento di Renzo Piano è un'accozzaglia di ruggine, solo due tronconi sono rimasti in piedi e mimano una "V", inneggiando alla vittoria del tempo sull'uomo.

Salgo su per il centro, attraversando i carruggi ingombri di detriti. Quando arrivo nello slargo di Sarzano sento un'anomala vibrazione di tepore. Qualcosa d'impercettibile mi attraversa, qui nel luogo dove nacque la Genova etrusca.

Dietro di me non c'è più nessuno. Come sono arrivato quassù se non posso camminare?

Davanti a me c'è Silvia, è giovane come quando l'ho conosciuta, fresca, carina, mora e naturalmente trotkzista. Mi sorride e mi sussurra delle parole. Poi mi tocca le labbra con le sue.

Sei pronto per morire?

Annuisco. Lei mi bacia sulla bocca; al contrario del bacio del Principe Azzurro, mi addormenta per sempre.

Buonanotte Modu; dormi bene

di Filippo Carignani Battaglia

Poi il cielo è diventato tipo di un grigioblu chiarissimo, ma sembrava comunque che rimanesse bagnato come da una striatura nera invisibile, come una striatura filtrata tra l'azzurro e il sole che si è riflessa gialla e calda, quasi a ustionare le pieghe plastificate della tuta plastificata di Modu che si è voltato lasciando luccicare lenta, lentissima una goccia di sudore che gli scivolava lenta, lentissima sulla pelle scura che rifletteva il sole, il cielo grigioblu, l'estate e quella specie di nero impalpabile che permeava ogni cosa, anche se era tutto chiaro e azzurro e giallo.

E poi Modu ha corso fortissimo, fino a che non gli facevano male le gambe, fino a sentirsi far male la milza, fino quasi a cadere e sbucciarsi tutto il ginocchio che poi sarebbe colato di quel sangue rossissimo e caldo che ti cola quando hai otto anni, quando ti entrano tipo quei sassolini sotto la pelle che ti fa male, ma non ti fa così male del tipo che ti ci scorre dentro la vita.
   E poi lui voleva diventare un supereroe.

Osvaldo è un cinese anche se si chiama Osvaldo e a Modu lo chiama negro e lui delle volte ride e delle volte ci rimane male, e poi c'è Giulio che è grasso e ha il viso rosso e le guance gonfissime perché si è rasato la testa per sembrare cattivo e oggi giocano sulla strada dove vicino ci abita quello stronzo che una volta ha picchiato Mirko, che tanto a loro Mirko non stava neanche tanto simpatico perché aveva l'asma e non parlava mai.
   Modu ha tirato una frenata e la ruota di dietro della bici gialla fiammante è scivolata fortissima e ha lasciato una striscia nera sull'asfalto, gli altri si sono fermati inchiodando fortissimo con le bici che andavano fortissimo, si sono stesi sul prato e poi Osvaldo ha tirato fuori il 3ds per giocare a *Pokémon*. E fra tutti i suoni e i colori e il sudore, Modu ha pensato a suo babbo quando sembrava diventato un mostro cattivo con la bottiglia in mano mentre gli usciva la bava bianca dalla bocca e che poi ha sbattuto la porta e dopo mamma urlava e quando è uscita aveva tutti gli occhi rossi e ha detto *Non è niente*, ma lui lo sa che ha pianto e mamma ha detto di tornare presto e di non lasciare sola Jamina anche

se è più grande perché *L'ometto sei te e se non ci fossi te non so cosa farei* e l'ha stretto forte e poi ha detto di non diventare come papà, *Te sarai buono, buonissimo* e lui non ha capito bene ma è diventato un supereroe.

Oggi prima che uscisse mamma l'ha chiamato e lui l'ha visto che aveva la faccia strana, tipo gonfia che sorrideva e lo guardava intensamente e sorrideva intensamente e gli ha indicato un pacchetto sul tavolo, e dentro c'era un mantello e adesso quando Modu corre dietro ha un mantello rosso che ondeggia al vento sul prato verde, verdissimo che odora di estate e i muscoli sono fini e tesi, la pelle calda e sudata, il suono del 3ds si mischia alle auto che passano, a quella specie di silenzio delle giornate calde, caldissime che quando ti siedi sul prato dopo un po' ti prudono le cosce e anche il culo.

Davanti passa un'altra auto piena di magrebini che quando passano si sente una musica araba altissima e ti guardano tutti come se ti volessero picchiare e dopo la macchina è passato anche Amir con la bicicletta e non ha salutato nessuno. Amir prima giocava con noi ai soldati e un'altra estate avevamo trovato un insetto e l'avevamo allevato per un mese ma poi era sparito. E Modu guarda Amir e Amir lo guarda, ma fa finta di non vederlo, Modu alza la mano e lo saluta e lui va avanti dritto con la tuta firmata tutta bianca che ha preso con i soldi del fumo che gliel'ha dato da vendere il fratello che è grande e ha visto su internet un video e allora ha iniziato a parlare della Jihad e a dire che un giorno avrebbe ammazzato tutti, compreso il negro, il muso giallo e l'italiano di merda che poi, pensa Modu, *Mi sa che siamo noi* e un po' gli fa paura. Il mantello ha ondeggiato mosso dal vento sovrapponendo il rosso al verde dell'erba e al grigio cemento dei palazzoni popolari, in cielo un aereo senza insegne lascia una scia che piano piano si espande tagliando il giorno che lento, lentissimo, muore.

Osvaldo si alza in piedi agitando il 3ds perché ha catturato un *Pokémon* rarissimo e Giulio gli propone già uno scambio con la sua forma evoluta del Charizard. Modu cerca di guardare lo schermo che ondeggia nelle mani del ragazzino cinese che poi è italiano ma ha gli occhi a mandorla, e comunque dice di essere discendente dei samurai anche se i samurai erano giapponesi, ma lui ci discende lo stesso. Un gruppo di naziskin passa dal marciapiede opposto e disegna una svastica sul muro con una bomboletta e mentre passano un ciccione con la testa rasata che quando era piccolo lo chiamavano *lo spastico* dà un calcio a una bottiglia mezza rotta. Tre giorni fa quella bottiglia l'avevano tirata alla polizia quando era venuta ad arrestare uno dei *King Latinos* che si era accoltellato con un rumeno per un commento su una ragazza e Modu si ricorda ancora tutto il casino e lui che voleva vedere dalla finestra e sentiva gli urli e la mamma che gli diceva di restare in casa e alla fine era riuscito ad affacciarsi e dalla fessura della persiana ha intravisto un ragazzo biondo con la pelle chiara come quelle lucertole bianche che si vedono la notte d'estate che corrono sui muri e dalla pancia gli usciva tutta una macchia rossa, rossissima che sembrava quasi il suo mantello che adesso si muoveva piano, pianissimo, facendo delle pieghe che sembrava che volessero accarezzare il vento.

E intanto l'Italia bruciava, le navi affondavano con la gente dentro e si portavano dietro il Paese, i cadaveri dei clandestini affogati risplendevano sulle coste come lucci dorati. Voglio che scorrano lucci dorati, non i cadaveri degli immigrati, e la mattina c'eravamo svegliati e avevamo trovato tutta una serie d'invasori e non avevamo neanche capito come c'eravamo arrivati, dalla finestra di fronte a casa di Modu sventolava nera una bandiera dell'ISIS, impalpabilmente nera, e Modu non ha capito ma ha come sentito lo spettro dei tempi che scorreva dentro di lui, allora si è stretto il mantello al collo e ha guardato avanti e il cielo è diventato chiaro, chiarissimo, come volesse divorarlo, come volesse salvarlo, e quando i tempi diventano ancora più bui Modu a otto anni ha capito che ci vogliono ancora più buoni, ancora più luce, ancora più eroi.

A piedi è passato il fratello di Amir, Modu alza lo sguardo e lo guarda fisso e lui lo riguarda, ma Modu non abbassa lo sguardo, continua a fissarlo, a guardarlo scivolare davanti alle case popolari, al cemento infinito che si allunga, infinito sull'estate, sul canto basso delle cicale, sui giardinetti dei quartieri popolari, sul suono sommesso dei Suv che mangiano le strade, sull'odore di spezie che viene dalle case dei filippini, sulle risate dei cingalesi ai balconi con i muri scrostati, sull'abbaiare dei cani sopra le urla, lontane, il rumore di piatti e di televisioni che si perde riverberando in cerchi concentrici in un'eternità che sembra quasi infinita.

Poi è diventata l'ora di andare a casa, perché il cielo era tipo un tramonto anche se comunque avrebbe fatto buio tardi, anche se è ancora estate e Osvaldo sdraiato con la testa nell'erba e il cappellino che gli faceva ombra sugli occhi ha chiesto se Giulio e Modu ci pensano mai alla morte e loro sono rimasti in silenzio, come a contemplare il cielo immobile che sembrava rendere tutto stupido e vuoto, che sembrava che loro erano ancora più piccoli di quanto effettivamente poi erano davvero.

Che poi Modu ha detto che ci pensava tanto quando era piccolo, e Osvaldo ha alzato lo sguardo e ha detto *Modu, tu* sei *piccolo.*

E dopo pedalavano forte e facevano come una gara e poi Giulio ha salutato e ha detto *Ci vediamo domani* e Modu ha continuato a pedalare e il sudore gli è colato dalle tempie e ogni tanto si girava e quando vedeva Osvaldo sorrideva e tutte le strade sono le loro strade e tutto il quartiere è il loro quartiere e le bici tintinnano e i portapacchi sbattono, e nel giardino davanti a casa di Modu c'era Jamina in terra e sopra c'era il fratello di Amir.

Un volantino elettorale lasciato in mezzo alla strada ha volteggiato salendo su fortissimo per poi scendere lento fino a toccare l'asfalto, sfiorandolo. Jamina strizza gli occhi mentre Said le apre le gambe, Jamina lo morde, stringe fino a fargli uscire il sangue, allora lui alza una mano e la colpisce e adesso una goccia scivola dal naso sulla pelle scura e bagnata da un sole morente che luccica nel sudore e la bici di Modu fa un suono metallico mentre cade a terra e Modu salta e il mantello si gonfia e Modu si attacca alla schiena di Said e il mantello ondeggia stupendo sul verde del prato sul giorno che muore e Modu scalcia e tira dei pugni e Said grida o ringhia, ma comunque sbava e lo scaglia per terra e mentre si tira su i pantaloni, da qualche parte ha già raccolto un mattone rossastro e Jamina sta urlando e Osvaldo è come immobilizzato e la bici gli cade di mano e poi il mattone sbatte contro la testa di Modu, sbatte fortissimo e sbatte ancora, e il liquido rosso fa come delle capriole nell'aria e il mattone colpisce ancora e poi Said fa tipo tre passi indietro e poi Modu è a terra, la faccia nel prato verde, verdissimo, il mantello rosso che scivola scosso piano dal vento e l'erba è rossa, bagnata di rosso e sembra che gli disegni intorno un enorme mantello, ancora più rosso e tutto diventa come immobile, Osvaldo guarda la scena pietrificato, Jamina si avvicina, cade in ginocchio Said, il fratello di Amir inizia a correre in una specie di slancio storto, storpio, Modu ha la faccia in terra, il mantello ondeggia ancora, si gonfia, mosso dal vento, sembra che voli.

Psycolandia

di Marco Milani

"Non ci si rialza in piedi attaccandosi ai lacci delle proprie scarpe, per quanto forte si possa tirare..."

Bella frase, vero?

Quando l'ho letta mi si è accollata da subito una caterva di pensieri. Probabilmente l'autore del libro si è comportato al mio stesso modo, l'ha letta, gli è piaciuta, se l'è segnata in un angolino della memoria. Magari l'altro autore prima di lui aveva fatto lo stesso, forse un altro prima e via così, indietro nel tempo perlomeno fino all'inizio della scrittura... o all'invenzione delle scarpe.

E io mi chiedo: perché no?

Ho il viziaccio di tentare di rendere logico e fattibile ciò che è impossibile. Non ci riesco mai, ma ci provo ogni volta e alla fine rimane il quesito iniziale: perché no?

– Vito! Ancora con la storia delle scarpe.

Il soggetto in camice bianco sembrava appena uscito da una centrifuga. Con lo stetoscopio appeso al collo e le mani in tasca, aveva i capelli sale e pepe arruffati, barbetta ispida e incolta, la targhetta di riconoscimento storta. Affiancato alla foto minuscola e sbiadita e a un numero indecifrabile, il nome era leggibile a malapena: Ass. N. Malanga.

Vito non rispose, rimanendo chino, in ciascuna mano le due estremità del laccio della scarpa corrispondente.

– Tu che te ne intendi, Vito – sogghignò il tipo raddrizzandosi la targhetta al taschino, – pensi che sia normale vedere un gufo che diventa un gatto e poi una lucertola?

– Dipende da quanto hai bevuto al momento dell'avvistamento – rispose Vito, senza lasciarsi distogliere dal suo studio di lacci.

– Abbastanza. Ci ho dato dentro, ieri sera.

– Allora, Gino, è normale.

– Il fatto è che di solito non vedo stranezze. Mi gira la testa, sudo, sono disinibito, dico cazzate, mi metto nudo, urlo e corro, ma non ho mai visto niente di fantastico. – Si infilò gli archetti dello stetoscopio nelle orecchie.

– Sai cos'è una visione ipnagogica? – Vito non attese risposta e continuò: – Una visione ipnagogica è una specie di 'sogno lucido' che si verifica in una fase intermedia tra la veglia e il sonno. È uno stato di totale consapevolezza in cui è possibile percepire vivide immagini e a volte anche suoni. Non ti credi totalmente corpo, o forse l'anima non è a sufficienza indipendente: ecco perché distingui delle ombre lì dove c'è solo un'unica luce.

– Ciò che è dentro è anche fuori; e ciò che non è dentro non è da nessun'altra parte. – Gino volteggiava per aria la testina dello stetoscopio, come a cercare un rumore…

– Per questo viaggiare non serve. Spostarsi, emigrare, vagabondare… se uno non ha niente dentro, non rinverrà mai niente fuori, neppure se c'inciampasse per caso. È superfluo e sterile ricercare nel mondo ciò che non si è capaci di scovare dentro di sé. Non è la sofferenza, non lo sono tutti i tormenti dell'universo, non sono gli altri, non sono le sbarre e quattro mura: è il 'sogno', la gabbia.

Ancora chino, Vito invertì i lacci tra le mani. – Un motivo in più per rimanere qui.

Gino continuò ad auscultare il nulla spostando freneticamente la mano destra dal basso in alto e viceversa. Poi si immobilizzò per un momento e prese ad annusare l'aria, l'espressione pensosa come se cercasse di dare associazione a un odore già memorizzato. Infine scosse la testa con un gesto quasi scoraggiato e ricominciò ad armeggiare con lo stetoscopio.

Sempre chino, Vito invertì nuovamente la presa dei lacci. Ripartì in quarta: – Crollare, questo è il nostro destino. Sprofondare e stramazzare nelle nostre domande, scivolando e sbattendo la faccia spaccandoci il naso a ogni risposta insufficiente che ci diamo. – I toni più bassi e leggermente vagheggianti assimilavano il discorrere alla recita di una poesia. – C'è qualcosa di straordinario sotto il sole o è solamente ignoto che si ripete? Considera un atomo al suo interno: il positivo e il negativo che si attraggono, si chiamano, sono insinuati in un'emozione: il desiderio della gioia che implica la conoscenza del dolore. Elimina ciò che ha un opposto e capirai chi sono io, e soprattutto chi sei tu.

– Tutto si riconosce. Anch'io mi riconosco.

Lo stetoscopio gli scivolò via dalla presa disinvolta. Con un paio di peripezie Gino lo recuperò smanacciando l'aria e abbrancandolo a metà del tubo di gomma. Lo osservò con fare guardingo, come avesse in mano un serpente, inclinando la testa prima da un lato e poi dall'altro. Continuando in questo tipo di osservazione apparentemente interessata, riprese il discorso: – La Realtà è, se mi riconosco in essa. E se mi riconosco come Realtà, la Realtà sono io. Tutto quanto è amabile, *amandomi*... adorabile, *adorandomi*... è scritto chiaro nel cielo e nelle stelle, e anche nella camera mortuaria.

– Percepisco dei dubbi – disse Vito, tirando nel contempo con forza verso l'alto i lacci di entrambe le scarpe. – E chi è che dubita?

– Dove sei, mente ingannatrice? – Gino alzò il braccio fino ad avere la testina metallica dell'aggeggio attigua all'occhio. – Dove sei? Meglio per te metterti in armonia e renderti disponibile.

– Non è logico tutto questo rimostrare. Perché ti compiangi?

Gino riabbassò il braccio e prese a far roteare lo stetoscopio, sempre più velocemente fino a fargli emettere un sibilo costante. – Ehi! Così sento qualcosa.

– Potrebbe la Realtà dubitare di se stessa?

– Lo sento! – accelerò ulteriormente la rotazione mettendo la mano sinistra sull'altra. Pareva stesse tentando di domare un cavallo imbizzarrito. – Lo sento, lo sento, lo sento. Manifestazione. L'accedere in una sintesi di opposti che è fonte dell'amore. È *amore*!

– Ecco, tu sei *Quello*. – Vito invertì nuovamente la presa sui lacci.

Lo stetoscopio in movimento era un ineffabile tondo scuro cerchiato da un bordo argentato. Gino sorrise. Il volto si illuminò in un'espressione di comprensione. – Io sono *Quello*! – urlò.

Un allarme risuonò nel corridoio, un trillare acuto e vibrante da mandare in ansia e attivare il desiderio che smettesse il prima possibile. Lo stetoscopio sbalzò di mano a Gino e partì verso l'alto. Frenato dagli archetti nelle orecchie, gli ricadde dritto in faccia.

L'impatto provocò un suono sordo e assorbito, di duro su morbido.

– Ahia!

– Conoscenza, ideazione, amore. Tre in Uno, e altrettanti rintocchi di campana a proclamare la liberazione. – Vito si espresse, senza ancora scomporsi e sempre rivolto alle sue scarpe, continuando a tirare i lacci.

Gino, entrando in agitazione, prese a vibrare come se fosse sui fuochi ardenti. Passi veloci sbattevano pesanti sul pavimento con il basso tonfo di scarponi pesanti. In arrivo...

Dall'angolo in fondo al corridoio fecero capolino due uomini.

– Eccolo lì chi si è fregato il camice! – urlò il primo. Sui pantaloni bianchi indossava una maglietta verde a maniche corte. Segaligno e slanciato, aveva un naso appuntito e un'espressione da sadico incazzato.

– Gino! Dovevo immaginarlo. – Il secondo gli stava dietro ansante, la testa lucida unta dal riflesso dei neon azzurrati. Più basso e in evidente sovrappeso, lo stomaco prominente gli ballonzolava vistosamente sotto la canotta a ogni passo. Erano i suoi zoccoli che sembravano carri armati in movimento.

Vito sollevò lo sguardo.

Lo stetoscopio scintillava lento come le braci di un falò, rilasciando granelli di luce che subito si esaurivano esplodendo silenziosamente in nulla. Una scia rigonfia e trasparente, acquosa, morbida, spessa come una gamba robusta, fuoriusciva dal torace di Gino all'altezza del cuore, precedendolo armonicamente oltre l'uscio e direzionandosi a sinistra nel corridoio.

– Quando toglierai il velo dell'illusione?

Gino si mosse a rapidi/lenti fotogrammi e imboccò la porta verso sinistra. I due erano ancora figure a distanza, rapidi/lenti fotogrammi in avvicinamento dal lato opposto. Le scie violacee intenzionali si erano assommate in un unico intento e li precedevano, a ridosso ormai di Gino. Mancava poco, si stava smezzando in altrettanti fusi dai quali iniziavano a dipartire altre protuberanze minori.

– Che importanza ha? – *Le parole uscivano dalla bocca di Gino, una lettera a seguire la successiva, e gli vennero incontro, accodate come note su un pentagramma, fin davanti agli occhi. Erano solo per lui e le osservò svanire una dopo l'altra, come volute di fumo in una folata di vento, quando ebbero portato a termine il loro compito.*

– Uno squarcio all'improvviso o dopo un interminabile tragitto... in ogni caso alla fine della corsa. – *Gino era già oltre. Due enormi mani scure abbrancarono il vuoto di spazio dov'era alcuni istanti prima. In ritardo, e in ogni caso impotenti. Conclusero il loro precedente obiettivo in un ingarbugliarsi confuso e carico di agitazione, rifondendosi in un unico liquefatto pallone fumoso a striature e volute viola.*

Lo scalpiccio di Gino che si allontanava rientrò in forma di cubetti azzurri rapidi/lenti ad accompagnare le ultime lettere verso di lui. La scia violacea intenzionale ricomposta uscì a inseguirlo.

Il primo inserviente arrivò rapido/lento dentro la stanza, fermandosi un istante dov'erano stati prima Gino e poi l'assommata intenzione, sua e del suo collega. Dal torace allampanato, il fuso cedevole nero come petrolio sgorgava immediatamente oltre la sua spalla destra e oltre la porta curvava sinuoso rituffandosi nel viola del secondo intento, all'inseguimento.

– E tu, mai una parola vero? Solo le tue scarpe t'interessano.

Si volse e uscì, rapido/lento e corse a sinistra. Sfumature scure, alle sue spalle, lo seguirono strascicate come vecchi stracci a brandelli, lisi e quasi trasparenti.

– Mo' la camicia di forza al tuo amico non gliela leva nessuno. – Era il secondo inserviente a parlare, non entrò. Si appoggiò allo stipite per riprendere fiato. Il sudore gli rigava la fronte in piccole strisce brunastre e opache come vermi agitati. Un'aura opaca lo circondava appena accennata, si dilatava a dismisura e si ritraeva al ritmo accelerato dei respiri.

Vito gli sorrise e si riabbassò a guardare le scarpe. I lacci non li aveva mai mollati. Il pavimento rimbombò allo scemare di passi pesanti che si allontanavano.

– E allora corri, Gino. Corri.

Tiro i lacci in su, di una scarpa sola posso alzare il piede, però è l'altro che fa da base. Quindi per alzare entrambi avrei bisogno di una base d'appoggio, che non c'è, non può esserci. Senza gravità potrei riuscirci, ma potrei anche alzarmi senza bisogno di dover tirare i lacci delle scarpe…

Questo ho pensato e alla fine, come sempre, sono tornato all'inizio: perché no?

Se fine e inizio sono gli stessi, quel "durante" in cui ho tentato di rendere logico l'illogico non è forse tutto tempo perso?

Interessante come le domande si sommino una dopo l'altra, divenendo un unico blocco sempre più grande, dal nome unico: non sapere.

Ma il limite è mio come percepente o il limite sta nel *percepito*? In fondo non è colpa mia se non ho forza a sufficienza per sollevarmi tirando i lacci delle scarpe.

Grazie a Rossano Del Pos

La cuspide del dissenso

di Domenico Mastrapasqua

L'ispettore Lagalante illuminò il cadavere con una torcia. La vittima era nuda e senza testa. Il taglio era stato effettuato alla base del cranio, appena al di sotto della mascella.

Mentre Lagalante cercava tracce di lotta sulla pelle della vittima, la stanza fu investita dalla luce giallina di un lampadario. L'ispettore spense la torcia e si alzò.

– Agente, può venire – disse rivolgendosi a nessuno in particolare.

– Grazie, ispettore. Come mai tante precauzioni?

– Buon lavoro.

– Anche a lei, ispettore.

Lagalante maledì mentalmente l'identità della vittima. Che rogna, pensò.

– Buongiorno, commissario.

– Buongiorno. Giornata di merda, eh? Dio, che schifo. Cosa sappiamo?

– Telefonata anonima – rispose Lagalante. – Mancano movente, arma del delitto e parte della vittima.

Il commissario Lo Presti inarcò il sopracciglio destro.

– Non abbiamo ancora trovato la testa.

Il telefono del commissario cominciò a squillare. Un *jingle* caraibico.

– Mi scusi, ispettore – disse il commissario allontanandosi.

Lagalante tornò al cadavere. Due agenti della scientifica stavano usando dei tamponi bianchi per raccogliere campioni biologici dal collo della vittima.

– Novità?

– La ferita è irregolare – rispose uno dei due. – Dubito sia stata usata un'arma da taglio.

L'altro disse qualcosa, ma l'ispettore non sentì. Lagalante era stato distratto da una parabola rosso mattone che imbrattava la parete alla destra del morto. Il *bordeaux* del muro camuffava parzialmente lo schizzo.

Lagalante picchiettò le dita della mano destra sulla clavicola dell'agente vicino.

L'uomo in camice bianco si voltò.

– Mi dica, ispettore.

– Nota niente?

L'agente della polizia scientifica si mise in piedi e passò sulla parete la punta dell'indice sinistro ricoperto dal guanto di gomma.

– Hm, interessante.

Il polpastrello era sporco di rosso.

– Luca – disse l'agente al suo collega, – forse abbiamo qualcosa.

Lagalante seguì la scia di liquido rosso. Raggiunta la parete di fronte, la parabola, il cui punto di inizio si trovava circa due metri al di sopra del corpo decapitato della vittima, si interrompeva prima di curvare verso il basso.

Davanti alla parete contro la quale la parabola si infrangeva, c'erano un tavolino tondo in legno e due sedie. Il tavolino era ricoperto da una tovaglia drappeggiata i cui bordi sfioravano il pavimento. Lagalante si piegò sulle ginocchia e appoggiò la mano destra sul mobile. Con la sinistra, invece, sollevò il drappo. Non c'era abbastanza luce, sotto, perché l'ispettore riuscisse a vedere nitidamente, ma la visibilità era sufficiente per identificare la natura dell'oggetto ovoidale che giaceva in corrispondenza della gamba in legno più lontana.

Eccola lì, la testa. Lagalante recuperò la torcia elettrica dalla tasca dei pantaloni e illuminò la scena. La testa mozzata del deputato Fangini era fossilizzata in un urlo di terrore, gli occhi spalancati quasi fino a scoppiare. Lagalante ne aveva viste di scene del crimine spaccabudella, ma questa volta, senza sapere il perché, eccezionalmente provò un moto di schifo. Il conato di vomito si amplificò non appena fu certo dell'identità della vittima: conosceva quella faccia. Dopo il ritrovamento della parte inferiore del corpo, aveva sperato che la voce al telefono si fosse sbagliata, che il cadavere non appartenesse a un deputato. Uccidere un drogato perché non aveva pagato un po' d'erba era un delitto che richiedeva il ritrovamento di un assassino. Liquidare un deputato della Repubblica, invece, determinava l'insorgere di più incognite, non solo procedurali.

– Agente, venga qui. E porti un sacchetto bello grande.

Lagalante lasciò che i due agenti del reparto scientifico si occupassero della testa. Ripensò agli elementi finora in suo possesso. Le forze dell'ordine erano state informate del reato tramite una telefonata anonima e non intercettabile. Inoltre, la voce al telefono era stata camuffata elettronicamente. Il testo del messaggio, probabilmente registrato, era il seguente: "Amedeo Fangini ha finito di blaterare. Bocca cucita – legge approvata". Un messaggio, pensò Lagalante, che lasciava spazio all'interpretazione. Di quale legge parlava la voce al telefono? Fangini era un deputato dell'opposizione che osteggiava il Governo non solo in parlamento, ma anche e soprattutto attraverso la comunicazione di massa. Lagalante non condivideva le sue idee politiche, ma ne ammirava perseveranza e fermezza. Poteva trattarsi di una legge qualsiasi. Quale legge, però, si chiese l'ispettore, se non approvata avrebbe potuto spingere qualcuno all'omicidio?

Lagalante si sollevò il bavero del cappotto e lasciò prima il soggiorno, poi l'appartamento. Mentre scendeva le scale che separavano il primo piano dal portone, si accese una sigaretta e aspirò fino a sentire i polmoni sfrigolare.

L'arma del delitto era un filo di superseta. Le prove di laboratorio parlavano chiaro, nonostante le perplessità delle istituzioni. Il fatto che attraverso la stampa la maggior parte dei politici non si dicesse certa della paternità dell'omicidio era un modo per allontanare l'idea che i virogelli avessero deciso di entrare in politica facendo uso della forza. La superseta poteva essere maneggiata solo dai virogelli. Infatti, a contatto con la pelle di un essere umano non modificato o con materiali chimicamente differenti dai virogelli, la superseta si arricciava fino a rinchiudersi in un gomitolo inutilizzabile. Un assassino non virogello, quindi, avrebbe potuto uccidere Fangini con della superseta solo trasferendo nell'appartamento del parlamentare un macchinario di laboratorio grande più o meno quanto metà della scena del crimine. Impossibile, pensò Lagalante. Soprattutto, l'ispettore pensò alla legge per la quale Fangini era stato decapitato. Non aveva più dubbi, ormai.

Lagalante aveva parlato con il questore, il quale gli aveva consigliato di tenere un profilo basso durante le indagini. *Finché non avremo la certezza che l'omicida è un virogello*, aveva detto il questore, *è inutile allarmare la popolazione.* Mentre sorseggiava in cucina un caffè bollente da una tazzina scheggiata, l'ispettore non volle immaginare come la popolazione avrebbe potuto reagire, qualora fosse stata messa di fronte alla verità: i virogelli avevano ucciso un deputato scomodo affinché una legge a loro favorevole venisse approvata. Lagalante non ne aveva letto il testo, ma sapeva che, se approvata, la legge Meneghelli avrebbe cancellato il divieto di procreazione imposto ai virogelli. L'ispettore era d'accordo con quella legge. Soprattutto perché, dopo il fallimento del progetto legato alla superseta, i virogelli avevano quasi completamente perduto il loro fascino economico – nessuno, all'infuori di loro, era in grado di manipolare la superseta, se non attraverso un macchinario difettoso e ritenuto inaffidabile sul piano industriale. È ora, pensò Lagalante, che questi poveri cristi comincino a farsi una vita loro.

Quella mattina, Lagalante aveva un appuntamento con un informatore. L'omicidio di un essere umano non modificato da parte di un virogello era una novità. Per questo motivo l'ispettore aveva fatto ricorso a una gola profonda di cui non aveva mai fatto uso. Per contattarlo aveva

dovuto passare attraverso quattro persone, tre delle quali non conoscevano personalmente Karl Momento, ex ricercatore scientifico esperto di
superseta. Un tipo sfuggevole. Momento viveva in clandestinità, anche
se non era ricercato. Non dalla polizia, almeno. Al telefono aveva detto
che forse avrebbe potuto essere di aiuto all'indagine, per quanto non
fosse certo di possedere informazioni utili. L'ispettore gli aveva chiesto
di parlare al telefono: avrebbe volentieri evitato un viaggio a vuoto.
Momento gli aveva dato un indirizzo, un'ora, alcune direttive di contor-
no – niente telefoni o altri apparecchi elettronici, tra le altre cose – e
aveva interrotto la conversazione.

Un'ora dopo, intorno alle 8.30, Lagalante era in strada. Avrebbe raggiunto il luogo d'incontro a piedi. Aveva un'automobile, ma quella mattina scelse le gambe.

Il posto indicato da Momento distava circa quindici minuti a piedi.
L'ispettore avrebbe incontrato l'informatore in un centro ricreativo per
non vedenti. Come richiesto da Momento, Lagalante aveva indossato un
paio di occhiali da sole.

Anche se era sabato, il traffico stradale ricordava quello di un giorno
lavorativo. Macchine che parcheggiavano, uomini e donne che avanza-
vano a passo svelto stringendo in mano valigette, telefonini multipli e
faldoni di cartone dal contenuto debordante. Lagalante si sentiva meno
solo. Almeno, pensò, non sono l'unico a sfruttare il fine settimana per
fare gli straordinari. Avrebbe preferito fare altro: non si considerava uno
stacanovista. Tuttavia, coltivare una passione richiedeva tempo. E lui, di
tempo, non ne aveva. Quando tornava a casa spesso crollava a letto
senza nemmeno togliersi di dosso il cappotto. Una volta si era tuffato
sul materasso con la sigaretta accesa tra le labbra. Il mozzicone arden-
te gli aveva quasi bruciato un occhio. Lavorare di sabato. I suoi genitori
ne sarebbero stati fieri, se solo si fosse trattato di lavoro retribuito.

Per colazione aveva bevuto solo del caffè. Adesso lo stomaco bronto-
lava. Ma non per fame. Piuttosto, voglia di sorseggiare un succo di frut-
ta all'arancia freddo – di godersi qualcosa di buono, anche se inutile.
Lagalante si fermò ed entrò nel bar più vicino.

– Chi le ha dato il mio nome? – disse Momento.

– Non è importante. Facciamo un patto: restiamo in tema.

L'ispettore impersonava un cieco. Momento, invece, il suo accompa-
gnatore. Prima di entrare nel circolo per non vedenti, Momento e
Lagalante si erano incontrati in un vicolo senza uscita per concordare i
termini della messinscena.

– Questo discorso vale anche per me, naturalmente – disse ancora
Lagalante. – Anche se vorrei sapere il perché di tutto questo. Eviterò di

parlarne, comunque, sia per il nostro patto, sia perché le persone in questa sala hanno buone orecchie.

Momento era un obeso sui quaranta. Aveva capelli neri e ricci lunghi fino alle spalle, la pelle del viso fresca di rasatura e una gomma da masticare tra i denti.

– Mi sta bene – approvò l'informatore.

Intorno al tavolo al quale Lagalante e Momento erano seduti, coppie di ciechi chiacchieravano composte. Nella maggior parte dei casi, accanto a ogni tavolo c'erano persone che leggevano libri o giornali oppure che riempivano cruciverba.

– Immagino tu intuisca il motivo del nostro incontro.

– Naturalmente. Per chi mi ha preso? Ero uno stimato ricercatore, ho quasi risolto il problema riguardante la manipolazione della superseta.

Lagalante aveva fatto una ricerca negli archivi della polizia. Al di là di una denuncia per violazione di segreto industriale, Karl Momento era pulito. Probabile che avesse fatto un accordo: collaborazione in cambio del ritiro della denuncia.

– Karl. Posso chiamarti Karl?

Momento espirò rumorosamente.

– Preferirei "dottore", ma vada per Karl, anche se il mio nome attuale è un altro.

Nomi sempre diversi. Un fuggitivo? L'accordo, dunque, ipotizzò Lagalante, è stato fatto con la polizia. Altrimenti, perché incontrare un agente in servizio? Chi lo stava inseguendo agiva al di fuori della legalità. I suoi ex datori di lavoro, forse?

– Visto che sai tutto, salto l'introduzione e arrivo al dunque. A giudicare dal grado di paranoia che ti porti dietro, secondo me dici la verità. Tuttavia, prima che tu apra bocca, voglio farti un'ultima domanda.

Momento reclinò leggermente la testa.

– Cosa vuoi in cambio?

– Dipende, ispettore. Chi le ha fatto il mio nome?

– Hmm. Una delle marmotte sonnambule. Non chiedermi altro. Ho detto troppo.

– È sufficiente. A questo punto, direi che siamo pari.

Lagalante avrebbe voluto togliersi gli occhiali da sole: portavano un ricordo triste. Quelle lenti erano il residuo di una storia d'amore finita male, vecchia di almeno cinque anni. Della donna l'ispettore ricordava il nome, ma non il volto.

– Innanzitutto – disse Lagalante, – dimmi tutto quello che ritieni possa tornare utile all'indagine. Dopo che mi avrai detto tutto ciò che avrai ritenuto importante o anche solo vagamente tale, passeremo alla seconda fase, cioè alle domande.

– Potrei dirle molte più cose di quanto crede, ispettore.

– Relative a cosa?

– Alla superseta, per esempio.

– Non me ne frega niente. Immagino tu abbia ancora dei contatti nel settore. Dubito che per via delle tue attuali attività, lecite o clandestine che siano, tu abbia spezzato i legami con i vecchi colleghi e con la comunità scientifica. Voglio sapere se hai sentito qualcosa riguardo la morte dell'onorevole Fangini. Tutto qui.

– Cosa, esattamente? – chiese Momento inarcando il sopracciglio destro.

– Qualunque cosa, purché abbia un legame anche solo apparente con il caso.

– Qualcosa ho sentito.

Momento infilò la mano destra nella tasca interna sinistra del giubbotto ed estrasse un pacchetto di sigarette spiegazzato. Aprì la scatoletta di cartone con la mano. Sbuffò, quindi gettò il pacchetto sul tavolo. Lagalante vide che era vuoto.

– Mi spiace non poterle offrire una sigaretta.

– Magari non dovresti, Karl – disse Lagalante, indicando con un movimento della testa un cartello appeso alla parete alla sua sinistra, un rettangolo bianco grande quanto un vassoio con su scritto a caratteri neri "Vietato fumare".

– Non mi cacceranno. Molti dei frequentatori vedenti di questo circolo vogliono segretamente accendersi una sigaretta. Ai ciechi, invece, non importa. Pur di avere qualche persona in più attorno, sono disposti a respirare un po' di merda.

– Karl, sto cominciando a perdere la pazienza. Dimmi quello che sai.

– Un nome.

– Lo voglio.

"Aristide Bucci". A parte un nome e un cognome, Lagalante aveva le mani vuote. Intanto, la polizia scientifica aveva confermato che l'onorevole Fangini era stato ucciso da un filo di superseta biologicamente vivo. Impossibile, quindi, che qualcosa di diverso da un virogello avesse commesso l'omicidio. Il giorno successivo, la notizia apparve sulle prime pagine della stampa, sia cartacea che digitale. Tuttavia, a dispetto delle paure di Lagalante, la gente, dinanzi alla morte di un essere umano per mano di un virogello, non reagì in massa. Lagalante non era sicuro che una manifestazione pubblica non sarebbe stata organizzata, prima o poi. A favore o meno della legge che avrebbe autorizzato la procreazione tra i virogelli, non poteva saperlo. Qualcosa, in ogni caso, le persone avrebbero fatto.

Lunedì mattina, Lagalante aveva chiesto all'agente che gli aveva fornito il nome di Momento se conosceva un certo Aristide Bucci. L'agente aveva risposto di no.

Al termine della chiacchierata, l'ispettore Lagalante lasciò la questura e percorse un centinaio di metri a piedi. Raggiunta l'auto, disattivò l'antifurto elettronico e aprì la portiera del guidatore, quindi montò sul veicolo. Aristide Bucci abitava fuori città, in campagna.

Lagalante non era soddisfatto di come le indagini stavano procedendo. Erano passati quattro giorni da quando il deputato Fangini era stato decapitato con un filo di superseta. Eppure, l'ispettore aveva l'impressione che il tempo passato fosse inferiore. Lagalante subiva gli effetti collaterali della pressione esercitata dai suoi superiori, i quali, insieme ad alcuni politici, avevano assunto un comportamento paradossale: da un lato, infatti, premevano perché le indagini si concludessero presto; parallelamente, però, contattavano Lagalante ogni giorno e a qualsiasi ora, sia per conoscere gli sviluppi delle indagini, sia per assicurarsi che la ricerca dell'assassino di Fangini fosse considerata una priorità.

Avrebbe voluto disfarsi del cellulare. Era libero di farlo, in realtà, ma preferiva mantenersi reperibile. Il traffico telefonico in entrata, infatti, sarebbe aumentato se le persone che lo cercavano avessero trovato il cellulare spento. Lagalante era consapevole di essere in trappola. Non era la prima volta. Delitti "eccellenti" ce n'erano stati, in passato. "Eccellenti", certo, ma sempre meno complessi dell'omicidio di un deputato da parte di un virogello in una società di esseri umani ed esseri umani modificati. Più variabili in gioco significavano più telefonate, quindi meno concentrazione – e meno risultati. A Lagalante, comunque, non importava se qualcuno dei superiori restava insoddisfatto. Conseguenza inevitabile, pensò. Lui avrebbe rispettato la legge. Il resto non contava. Mentre rifiutava una telefonata da parte di un giornalista, la voce del cellulare disse che mancavano seicento metri all'arrivo. Aristide Bucci non abitava così lontano come Lagalante aveva immaginato. In dieci minuti scarsi, l'ispettore era praticamente giunto a destinazione. Abbandonò l'asfalto e imboccò sulla destra una strada sterrata.

Con la sua berlina nera, Lagalante percorse i metri restanti a una velocità di venti chilometri orari. Dopo un decina di secondi il cellulare comunicò il raggiungimento dell'obiettivo. Intorno, a parte un campo incolto, Lagalante non vedeva abitazioni. Pensando che il navigatore si fosse sbagliato – anche se non sapeva come – accelerò, superando la zona priva di alberi e inoltrandosi, dopo una cinquantina di metri, all'interno di un boschetto. L'intreccio di rami e foglie creato dalle chiome degli alberi oscurava il sole. La strada era segnata dal passaggio di pneumatici. Le tracce nel terreno confortarono Lagalante solo in parte. Che

Momento avesse detto il falso? Impossibile dirlo. La mente dell'ispettore già considerava di fare retromarcia, quando, dopo una curva a sinistra di circa trenta gradi, davanti al muso della berlina si aprì una radura, al centro della quale era parcheggiata una roulotte bianca. Oltre al rimorchio, Lagalante si sarebbe aspettato anche un'automobile. L'ispettore ipotizzò che il rimorchio fosse abbandonato oppure che il proprietario si fosse temporaneamente allontanato.

Parcheggiò l'auto accanto alla roulotte, spense il motore e si accese una sigaretta. Avrebbe aspettato in auto, non era a suo agio in ambienti senza toponomastica. Vista dall'esterno, la roulotte sembrava nuova – non presentava graffi, ammaccature o altre imperfezioni che facessero pensare che il rimorchio fosse stato usato. I pneumatici della roulotte avevano lasciato il segno del proprio passaggio nel terreno arido: le scie provenivano dalla direzione opposta rispetto alla città. Come ispettore, Lagalante non aveva mai visitato quella zona. Quando era un adolescente, la maggior parte dei cadaveri di vittime di omicidio, soprattutto di omicidio a sfondo sessuale, venivano occultati in campagna: in quindici anni, le strade di campagna si erano svuotate. La città, pensò, ha fagocitato tutto, anche il *modus operandi* degli assassini. La trama impressa nel terreno dagli pneumatici era confusa, segno che le tracce della roulotte e del rimorchio si erano sovrapposte. Almeno, pensò Lagalante, questa roulotte si è mossa. La sigaretta era quasi a metà. Aspirò. Perché non aveva preso un appuntamento? Gli era sfuggito di mente.

Aristide Bucci arrivò a bordo di una vespa. Indossava un casco integrale giallo. Prima di svoltare nello spiazzo, sollevò di quarantacinque gradi l'avambraccio destro e diede una letta al polso. L'ispettore rimase in auto. Non gli aveva rivolto la parola, né lo aveva sentito parlare, ma Lagalante sospettava che Aristide Bucci fosse uno schizzato. L'ispettore si domandava cosa Bucci vedesse guardando verso sinistra, dove, presumeva, al posto del solito spazio vuoto, ora c'era un'auto guidata da uno sconosciuto. Bucci parcheggiò lo *scooter* tra l'auto e la roulotte. Quindi, sceso dal veicolo, raggiunse l'ingresso del rimorchio. Mentre inseriva la chiave nella porta, si immobilizzò. Estrasse la chiave dalla serratura e la infilò nel taschino superiore del giubbotto di pelle. Lagalante aprì la portiera e uscì.

– Buongiorno – disse Bucci o quello che Lagalante ipotizzava fosse Bucci.

– Aristide Bucci?

– La polizia, vero? Momento ha parlato. Prego, mi segua.

A Lagalante era sembrato che Bucci non provasse rancore nei confronti di Momento. Erano amici, Bucci e Momento? Ciò che importava era che Bucci non sembrava disprezzare il fatto che Momento avesse parlato di lui alla polizia.

Bucci estrasse dal taschino la chiave della roulotte, quindi la inserì nella serratura e girò quattro volte verso sinistra. Dopodiché, abbassò la maniglia e spinse. La porta si aprì senza fare rumore. Oltrepassata la soglia, allargò il braccio sinistro e toccò con la mano la parete. Luce. Lagalante sarebbe volentieri rimasto nella semioscurità. Tuttavia, considerando che non conosceva Bucci, preferiva che il lampadario fosse acceso. Con le zone d'ombra scongiurate, Lagalante era potenzialmente nelle condizioni di notare l'estrazione di un'arma da taglio come da fuoco oppure lo scioglimento di sostanze venefiche o narcolettiche in un bicchiere. Nella luce solare attenuata dalle tendine senape molti dettagli sarebbero andati persi. Con la luce accesa, guardarsi le spalle era più semplice.

La roulotte odorava di cannella. Un po' troppo per i gusti di Lagalante. Per fortuna, le sue narici erano impregnate della sigaretta che aveva gettato prima di entrare nella roulotte. Una volta dentro, l'ispettore socchiuse la porta dietro di sé.

– Di cosa dobbiamo parlare? – domandò Bucci sfilandosi il casco dalla testa.

– Momento non ti ha detto nulla?

– Perché avrebbe dovuto?

– Non avete parlato?

Bucci si slacciò il giubbetto di pelle. Aprì una mensola sul lavello.

– Lei, agente, non è venuto qui per chiedermi questo.

– Vero.

– Potrebbe mostrarmi un suo documento identificativo?

Lagalante sciolse i bottoni del cappotto e con la mano destra estrasse da un taschino interno il portafogli. Quindi lo aprì e lo mostrò al suo interlocutore.

– Non sembra falso. Gradisce un caffè?

L'ispettore ne aveva già bevuti due, quella mattina. Ma i caffè non erano mai troppi quando c'era di mezzo un crimine.

– Volentieri.

Bucci sventolò due bustine di zucchero, una per mano: nella mano sinistra, una bustina di zucchero ipocalorico; in quella destra, invece, una di zucchero normale.

– Lo bevo amaro, grazie.

Mentre Bucci metteva la caffettiera sul fuoco, Lagalante si guardò intorno. Non vedeva nulla di sospetto né, tanto meno, qualcosa che lo incuriosisse. A Lagalante l'interno della roulotte di Bucci ricordava la vetrina di un negozio di arredamento. Tutto era esattamente dove il cliente si sarebbe aspettato che fosse.

– Grazie – disse l'ispettore prendendo la tazzina fumante che Bucci gli porgeva.

– È certo di non volere dello zucchero? È opinione comune che i miei caffè facciano schifo. Tre cucchiaini dovrebbero bastare per nasconderne il gusto.

– Va benissimo così. Non sarà peggiore del caffè giù in commissariato.

Lagalante sorseggiò dalla tazzina e pensò: cazzo, questo è peggio del caffè delle macchinette. Bevve un altro sorso e si augurò che il suo schifo non trapelasse.

– Momento – disse Lagalante – mi ha assicurato che sai qualcosa.

– È probabile. La verità è che non so nulla dell'omicidio in quanto tale, dei colpevoli, dei loro nomi e delle loro motivazioni. – Bevve dalla tazzina. – Tuttavia, posso dirle con ragionevole certezza che non è stato un virogello a uccidere l'onorevole Fangini. Un virogello è un essere umano modificato, come saprà.

Lagalante annuì.

– Modificato nel senso che produce la superseta, ma la sua forza e le sue capacità fisiche in generale sono pressoché identiche a quelle di un essere umano. La tecnica utilizzata per liquidare Fangini richiederebbe la forza di almeno quattro virogelli... o di quattro esseri umani non modificati, anche se non contano, questi ultimi. Per i motivi che lei sa, che tutti dovrebbero conoscere.

– In base a quali osservazioni ha formulato la sua ipotesi? Non mi risulta che abbia avuto accesso alla scena del crimine.

– Non sono tenuto a risponderle. A proposito, le piace il caffè?

– C'è di meglio.

– È ancora in tempo per lo zucchero.

Un ultimo sorso e la tazzina di Lagalante fu vuota.

– Lo conservi per gli ospiti.

Le informazioni fornite da Bucci erano utili? Lagalante non lo sapeva. Da una parte, quanto rivelato da Bucci faceva supporre l'esistenza di una mente collettiva dietro l'omicidio dell'onorevole Fangini. Interessante. Al tempo stesso, però, l'esistenza di più assassini non avrebbe cambiato la reazione popolare. Che fossero stati cinque o che si fosse trattato di un'azione solitaria, non importava. I virogelli erano colpevoli. Tutti, senza eccezioni. Questo, almeno, era ciò che Lagalante temeva che l'opinione pubblica avrebbe pensato, una volta che l'assassino o gli assassini fossero stati arrestati. Aristide Bucci, al pari di Karl Momento, aveva l'aria di uno che sapeva più di quanto dichiarasse. L'ispettore Lagalante aveva spesso provato questa sensazione in presenza di un informatore. Mai, però, intensa come questa volta. Forse non si trattava di loro, ma di lui: si aspettava sempre che dicessero più di quanto sapessero. In presenza di Bucci, poi, la paranoia era stata acuita dal fatto che l'informatore non era uno dei suoi. Il fatto che fossero ritenuti affidabili da agenti di polizia di sua conoscenza non era rilevante. Di Momento, Lagalante aveva perlomeno scoperto alcuni elementi riguardo il suo passato: studi fatti, lavori svolti, per esempio. Di Bucci, invece, non aveva trovato nulla. Bucci aveva detto che alcune multinazionali stavano ancora tentando di sintetizzare un materiale in grado di entrare in contatto con la superseta senza ridurla a un gomitolo inutile. Come faceva a saperlo? Bucci non avrebbe risposto a nessuna domanda relativa al suo passato, professionale e non. A meno che non fosse diventato un sospettato, Lagalante aveva le mani legate.

Pressappoco alle 11del mattino, un corteo di manifestanti percorse la strada prospiciente il commissariato. Lagalante si accorse dell'evento dai cori che giungevano attraverso la finestra dell'ufficio. Assorto nel disbrigo di una pratica, non prestò attenzione agli slogan intonati dai manifestanti. A parte "virogelli" e "giustizia" non comprese altre parole. Ipotizzò che si trattasse di una manifestazione pubblica in supporto dei virogelli. Il tono era pacifico. Che le Forze dell'Ordine scortassero il corteo? Non era detto. Probabile che i virogelli e i loro sostenitori avessero deciso di manifestare pacatamente per non peggiorare il rapporto con gli esseri umani non modificati. Lagalante liberò la mente e tornò alla pratica. Avrebbe lasciato la scrivania solo su ordine di un superiore.

L'ispettore sentiva rumore di passi veloci in avvicinamento. Proveniva dal corridoio, al di là della porta chiusa. Compilato tramite la tastiera del computer l'ultimo campo vuoto della pratica, Lagalante archiviò elettronicamente il documento e sollevò la testa, puntando gli occhi sulla porta. Con i piedi, si diede una leggera spinta, rimanendo a una distanza dalla scrivania a un tempo sufficiente per alzarsi senza sbatterle contro e rimettersi a lavoro con una spinta uguale ma contraria. I passi si fermarono davanti all'ufficio. Mentre la maniglia girava e la porta si apriva, la voce del maresciallo Lestani irruppe nella stanza.

– Ispettore, abbiamo bisogno di lei. È successa una cosa in strada.

Il maresciallo ansimava.

– Calma. Che succede?

– C'è bisogno di agenti. Dicono che la scorta è in difficoltà.

Lagalante si alzò dalla sedia, prese il cappotto appeso all'appendiabiti accanto alla parete e uscì dall'ufficio seguito da Lestani. Nel corridoio, agenti di polizia in divisa e in borghese correvano in direzione dell'uscita principale, che affacciava sulla strada occupata dai manifestanti. L'ispettore Lagalante temeva che uno degli agenti della scorta avesse fatto una cazzata e provocato una rivolta.

Attraversato il portone d'ingresso, Lagalante si fermò in cima alla scalinata. Lestani, invece, scese le scale in fretta e raggiunse gli altri agenti, i quali tentavano di separare in due parti un gruppo di persone che cercavano di colpirsi a vicenda con calci e pugni. L'assembramento fu diviso. Al di là dei manifestanti riottosi, due agenti di polizia in divisa sorvegliavano il corpo di una donna. Immobile, il corpo era sdraiato supino sull'asfalto. Lagalante non riusciva a capire se la donna fosse viva o morta. Per qualche secondo uno dei due agenti poggiò la mano sul collo della donna, guardò il collega e annuì. Lagalante scese le scale e attraversò la strada. Raggiunta la donna e i due agenti, si piegò sulle ginocchia. La donna respirava, il petto si abbassava e si sollevava regolarmente. L'agente sulla sinistra disse che l'ambulanza stava arrivando. Lagalante chiese quale fosse l'identità della donna. È un virogello, disse l'agente sulla destra.

La donna si chiamava Luce Missoni ed era un virogello. Fino al compimento dei quindici anni aveva lavorato come tessitrice di superseta. Dopo, aveva cominciato a svolgere una vita non dissimile da quella di un qualunque altro essere umano non modificato. Impresa non impossibile. Infatti, la sola differenza estetica tra un virogello e un essere umano non modificato era un'escrescenza conica di carne alla base della colonna vertebrale, in corrispondenza del coccige. L'escrescenza, detta "gelliana", secerneva la superseta, un tessuto biologico bianco sottile come la tela di un ragno e resistente come un cavo di acciaio. Luce Missoni non aveva partecipato alla manifestazione pro-virogelli. Passava di lì per caso, era di ritorno da una visita medica. Uno dei partecipanti al corteo, un ex fidanzato rancoroso di Luce, aveva detto a un gruppo di manifestanti che Luce Missoni era un virogello e che aveva riso di loro, mentre affiancava la colonna di persone. Achille Paranza – l'ex fidanzato – e altri avevano cominciato a insultare Luce. La donna aveva cercato di fuggire, ma i manifestanti riottosi le avevano tagliato la strada. A questo punto, qualcuno aveva lanciato un pezzo di marciapiede colpendo Luce alla testa. Gli agenti di scorta avevano disperso i facinorosi a colpi di manganello.

Giunta l'ambulanza, Lagalante vi salì sopra dopo che la donna fu caricata. L'indagine sulla morte dell'onorevole Fangini ristagnava. Aveva bisogno di una distrazione. Durante la notte precedente, mentre l'insonnia lo divorava, aveva quasi sperato che l'assassino uccidesse un altro deputato, così da fornire nuove tracce. Le indagini di laboratorio dicevano che la superseta che aveva ucciso Fangini non aveva nulla di eccezionale, e che il DNA apparteneva a un incensurato. Lagalante maledì il giorno in cui il disegno di legge relativo alla registrazione del codice genetico sia degli esseri umani non modificati che dei virogelli era stato respinto. Per quanto la registrazione indiscriminata del DNA non lo mettesse a suo agio, ne riconosceva l'indispensabilità in scenari delittuosi come quello dell'omicidio Fangini. Pensando al trauma cranico di Luce Missoni, si augurò che il cambio di programma lo aiutasse a formulare sentieri mentali utili alla soluzione del caso.

Aristide Bucci era stato una perdita di tempo. Quando l'ambulanza si fermò, Lagalante aspettò che i paramedici accompagnassero la barella fuori, dopodiché scese. Accese una sigaretta e cominciò a fumare. L'abitazione di Karl Momento era vicina, a una distanza di circa dieci minuti a piedi. Una coincidenza. Lagalante era salito a bordo dell'ambulanza per distrarsi, motivo numero uno, e per lasciare ad altri la rogna dei manifestanti, motivo numero due. Faceva freddo. Durante il tragitto in ambulanza, il cielo si era ingrigito e aveva cominciato a spirare un vento gelido. Il collega che aveva fatto il nome di Momento non aveva rivelato la tana dell'informatore. Per ragioni di sicurezza, aveva detto. Con l'aiuto di un amico, la sera prima Lagalante era quindi entrato nel computer personale del collega e aveva trovato ciò che gli serviva: il domicilio di Momento. Il puro e semplice intuito diceva che Momento sapeva più di quanto avesse rivelato. L'informatore sembrava un maniaco del controllo. Per questo motivo Lagalante pensava che l'informatore si sarebbe sentito a disagio in una situazione nella quale il controllo assoluto gli fosse stato precluso. Una visita a sorpresa, per esempio, avrebbe potuto innervosire Momento e magari spingerlo a rivelare più di quanto avesse già fatto. Prima di passare al prossimo elemento di indagine, Lagalante voleva spremere gli informatori che aveva. Peccato, rifletté, che in passato non fosse stato coinvolto in reati legati ai virogelli. Lagalante, infatti, come la maggior parte degli agenti di polizia, disponeva di informatori utili solo per questioni riguardanti gli esseri umani non modificati. Tuttavia, per quanto ritenesse Momento prezioso, non aveva intenzione di incontrare l'informatore in chissà quale circolo per handicappati. Le regole, stavolta, le avrebbe dettate lui.

Non appena raggiunse il pianerottolo del quinto piano, Lagalante vide che la porta dell'abitazione di Karl Momento era socchiusa di due-tre centimetri e, in corrispondenza della serratura, presentava delle scalfitture. L'ispettore superò la porta e si appiattì di schiena contro il muro. L'appartamento era silenzioso, a parte il rumore dei clacson provenienti dalla strada. Probabilmente, una o più finestre dell'appartamento erano aperte. Lagalante aprì il cappotto con la mano sinistra e sfiorò il calcio della pistola. Indeciso, staccò le dita dall'arma e le infilò nel taschino interno. Afferrò ed estrasse il telefonino. Valutò l'idea di chiamare Momento. Qualora il telefono avesse squillato a vuoto, Lagalante avrebbe avuto un elemento in più per sospettare della situazione. Allo stesso modo, avrebbe avuto un dato ulteriore di cui preoccuparsi se Momento avesse risposto senza che dall'appartamento fosse provenuto uno squillo di telefono. Lagalante non era convinto. Ripose il cellulare nel taschino, quindi estrasse la pistola dalla fondina.

Avrebbe voluto chiamare dei rinforzi, ma temeva che si sarebbe potuto rivelare un buco nell'acqua – voleva evitare di passare per lo zimbello della centrale. Non stava seguendo una pista ufficiale. Inoltre, qualora il commissario gli avesse chiesto delucidazioni, Lagalante avrebbe spiegato che aveva deciso di rivedere Karl Momento perché non si fidava di lui. "E sulla base di quali elementi, ispettore?", avrebbe potuto chiedere il commissario. Ecco, era in questo istante che la mente di Lagalante accantonava l'idea dei rinforzi. Poteva risolvere la cosa da solo. A fine giornata, avrebbe festeggiato con un po' di vino l'eventuale esito positivo dell'azione – Momento stava bene, aveva solo dimenticato di chiudere la porta di casa – oppure, al contrario, sarebbe finito al cimitero. Entrambe le prospettive gli sembravano accettabili. Erano circa nove mesi che non irrompeva in un appartamento senza un mandato della procura. Abbassò il cane della pistola. Nonostante le mani appiccicaticce per il sudore, la presa era buona.

Rasente il muro, Lagalante avanzò. Quando il suo naso fu a dieci-quindici centimetri dallo stipite, con il piede destro spinse la porta verso l'interno. Non successe niente. Incoraggiato, spinse ancora, fino a quando la porta non si aprì quanto bastava perché potesse passarci attraverso. Con un movimento repentino, passò alla destra della porta, spostandosi sulla parete accanto. Questa volta, però, invece di appiattirsi contro il muro, Lagalante puntò la pistola verso l'interno dell'appartamento. Abbassò lo sguardo e vide che sul pavimento giaceva una spruzzo di liquido rosso scuro. Che fosse sangue? Non era detto. Entrò. La chiazza non era isolata: era l'inizio di una scia di liquido che attraversava tutto il corridoio. La macchia era formata da gocce di grandezza sempre diversa, allineate irregolarmente e poste a distanza variabile l'una dall'altra. Come se qualcuno avesse barcollato e rovesciato del vino da una bicchiere, o avesse perso sangue.

In fondo al corridoio, a circa otto metri di distanza, c'era una finestra aperta. Due ante: quella sinistra chiusa, quella destra, invece, spalancata. Lagalante si domandò se lo strombazzare dei veicoli giù in strada avesse coperto eventuali rumori provenienti dall'appartamento. Cercò di non pensarci, anche se ormai il pensiero si era conficcato nel cervello. Le pareti bianche erano pulite, nessuna macchia evidente. La persona ferita era stata forse colpita sul pianerottolo? Improbabile, visto che la macchia cominciava dentro l'appartamento. Lagalante avrebbe voluto girarsi e guardare la porta, per verificare se fosse macchiata di rosso. Girarsi adesso, tuttavia, lo avrebbe reso un bersaglio più facile da colpire. *È sangue*, pensò Lagalante, ora che vedeva da vicino le macchie sul pavimento. Esperienza. Umano? Virogello? Impossibile dirlo. Uomini non modificati e virogelli avevano il sangue dello stesso colore. Cercando di non calpestare la traccia rossa, Lagalante avanzò fino alla prima porta sulla parete sinistra.

– Vattene! – Era la voce di Karl Momento. – Non ti è bastato?

A chi si riferiva, l'informatore? Lagalante ipotizzò che parlasse all'aggressore.

– Momento, sono io, l'ispettore Lagalante.

– Ispettore? Che ci fa qui?

Non è contento di vedermi, pensò Lagalante.

– Sei armato?

– Entri pure. Non le sparerò. Perché dovrei? Lagalante abbassò il cane della pistola. Quindi, inspirò profondamente e attraversò l'uscio.

Karl Momento sedeva a terra, le gambe distese e la schiena poggiata contro un letto a una piazza. La mano sinistra era avvolta rozzamente in una benda insanguinata, la destra, invece, poggiava sul pavimento e stringeva una pistola. Momento ansimava. Lagalante ripose la pistola nella fondina e si avvicinò.

– Mi ha segato via tre dita!

– Perché, secondo te? – disse Lagalante mentre digitava il numero del pronto soccorso sul cellulare.

– Non lo so.

– Non ci credo.

– Potrei farlo io – disse Momento.

– Non se ne parla.

– E se coinvolgessi un amico? In questo caso, si fiderebbe di lui?

– Dipende. Cosa proponi?

– Aristide Bucci. È il migliore. Inoltre, ha l'attrezzatura necessaria.

Lagalante valutò l'idea e, allo stesso tempo, pensò alla bugia rifilata a Momento. Gli aveva promesso che lo avrebbe tenuto al riparo dall'indagine. Impossibile. Prima o poi la legge lo avrebbe risucchiato come una barchetta di carta in un vortice d'acqua. Lagalante non si sentiva in colpa per quello che aveva fatto. Avrebbe atteso, comunque. Finché non avesse ottenuto la conferma che Momento era stato aggredito da un virogello, avrebbe tenuto fede al patto. Fino ad allora, infatti, i due casi, quello di Momento e l'omicidio Fangini, non avrebbero avuto nulla in comune. Qualora l'accusa lanciata da Momento si fosse rivelata vera, i delitti violenti commessi dai virogelli a danno di umani non modificati sarebbero saliti a due. Per di più, il secondo contro una persona contattata dalla polizia durante l'indagine Fangini.

– Va bene. Tuttavia, sarò io a contattare Bucci. Tu rimarrai in disparte.

– D'accordo.

Lagalante salutò l'informatore e lasciò l'appartamento. Quindi, abbandonato l'edificio, montò in auto e raggiunse l'abitazione di Aristide Bucci, fuori città. Questa volta, però, non si sarebbe presentato senza preavviso. Momento si era occupato della faccenda. Ripensando alla telefonata tra i due informatori, Lagalante ebbe la sensazione che entrambi avessero utilizzato parole senza senso attraverso cui conversare in segreto. Tuttavia, mentre imboccava il sentiero di campagna che conduceva alla roulotte di Bucci, Lagalante ipotizzò che, probabilmente, la sua paranoia nasceva dall'incapacità di comprendere appieno il vocabolario perlopiù tecnico dei due scienziati. Quando raggiunse lo spiazzo nel quale era parcheggiata la roulotte di Aristide Bucci, Lagalante vide che la vespa dello scienziato era riversa a terra. La porta della roulotte era aperta.

Lagalante fermò l'auto, quindi fece retromarcia fino a quando non capitò accanto a una rientranza tra gli alberi abbastanza grande da contenere l'automobile. Svoltò a destra e parcheggiò nell'insenatura. Così, pensò Lagalante, in caso di pericolo potrò ripartire senza complicarmi la vita. Perché penso sempre al peggio? Il cervello di Lagalante rispose facendo scena muta. Momento e probabilmente anche Bucci erano stati aggrediti dopo che li aveva contattati. Incontrare i due scienziati era forse stata la causa dei loro guai? Qualora si fosse trattato di una casualità, Lagalante l'avrebbe nominata la coincidenza più fuorviante di tutta la sua carriera di poliziotto. Spento il motore, scese dell'auto. Lasciò la portiera socchiusa – fidandosi della fauna locale.

Impugnò la pistola.

Aveva parcheggiato a un paio di centinaia di metri di distanza. Non erano sembrati che poche decine di metri, mentre faceva retromarcia. Guardò in basso e vide che lo spazio tra un passo e il successivo era inferiore rispetto al solito. Di cosa aveva paura? Non aveva mai affrontato un virogello incazzato, ecco il problema. La superseta era perfetta per sostenere ponti e impalcature, ergo era ideale per sgozzare un elefante. Era necessario un virogello per ammazzare un uomo. Anzi, come aveva suggerito Aristide Bucci, ce ne volevano di più. Momento, però, aveva parlato di un solo mutante. Procedure diverse per obiettivi diversi? Non era da escludere. L'andatura, intanto, si era fatta più rapida. Lagalante puntò la pistola dritto davanti a sé, quindi tagliò per il bosco, alla sua sinistra.

Lagalante era sicuro di rientrare nel panorama visivo di chiunque si trovasse all'interno o nelle immediate vicinanze della roulotte di Aristide Bucci. La boscaglia non permetteva di avvicinarsi discretamente. Poco male. In fondo, accorciare attraverso gli alberi, benché lontano dal suo desiderio di occultamento, era una scelta che Lagalante avrebbe rifatto. La strada rappresentava un'alternativa tatticamente peggiore. Infatti, dopo una curva che nascondeva reciprocamente la roulotte all'automobile, la strada si concludeva con un rettilineo. Nel bosco, invece, nel caso qualcuno avesse deciso di sparargli Lagalante avrebbe avuto a disposizione alberi e massi dietro cui nascondersi, per quanto la flora fosse più rada che rigogliosa. L'ispettore, ora, si trovava sul limite che separava la macchia dallo spiazzo nel quale era parcheggiata la roulotte. Vedeva l'interno del rimorchio. Era come lo ricordava: arredamento minimale, ambiente in prevalenza buio debolmente illuminato da una luce giallina – i raggi solari filtrati dalle tendine di colore senape – zero suppellettili in vista. Il motorino riverso sul fianco sembrava intatto. Mentre Lagalante rifletteva sul da farsi, la roulotte sussultò.

Aristide Bucci si affacciò barcollante all'uscio della roulotte. Nella mano destra, stringeva per il collo una bottiglia di vetro. Non sembrava ferito, né i suoi vestiti erano sporchi di rosso. Lagalante abbassò il cane della pistola e mise piede nello spiazzo. Non appena si accorse dell'intruso, Bucci assottigliò le palpebre, puntò la mano sinistra verso Lagalante e scese dalla roulotte con passo malfermo. Cadde. La bottiglia volò via ma non si ruppe. Avvicinandosi, Lagalante la raccolse: odore di vino. La rimise a terra. Avrebbe preferito una fondina, ma si accontentò di quello che aveva e ripose la pistola nella cintura dei pantaloni, dietro la schiena. Aristide Bucci piangeva e sogghignava. Anche se un attimo prima aveva dato l'impressione di essersi interessato a Lagalante, adesso sembrava preferire la vespa. Trascinandosi pancia a terra, raggiunse la marmitta del veicolo e ci poggiò sopra la guancia. Borbottò qualcosa, chiuse gli occhi e smise di piangere.

Una parte di Lagalante avrebbe preferito che Bucci fosse stato aggredito da un virogello. In questo modo, ci sarebbero stati degli elementi su cui lavorare. Bucci avrebbe dovuto aiutarlo con le indagini scientifiche? Lagalante ne dubitava. L'ultima cosa di cui aveva bisogno era un informatore alcolizzato innamorato della marmitta del proprio motorino. Bucci biascicava parole senza senso e ruttava. Quanto vino aveva bevuto? Persino uno stomaco adulto a digiuno di alcol non si sarebbe ridotto in quelle condizioni dopo una sola bottiglia di vino. Lagalante prese il telefonino dalla tasca dei pantaloni e telefonò a Momento. Gli raccontò di Bucci e del fatto che non gli restavano altre possibilità al di fuori di quelle legali, ora. Infatti, senza il supporto di Bucci, nessuno di loro avrebbe potuto confrontare il DNA dell'aggressore di Momento con quello dell'omicida del deputato Fangini.

– Posso farlo io: non lo dimentichi, ispettore – disse Karl Momento.

Lagalante rimuginò sulla cosa. Non si fidava di Momento, anche se delegare a lui l'analisi di laboratorio avrebbe comportato un non trascurabile risparmio di tempo. Inoltre, se Momento fosse rimasto fuori, avrebbero dovuto coinvolgere altre persone. Momento e Bucci erano informatori e tali dovevano rimanere.

L'ispettore preferiva tenere fuori lo scienziato perché non poteva né voleva chiedere a una vittima di indagare sui propri potenziali aguzzini. Tuttavia, pensò Lagalante, non sto lavorando per un magistrato: è il momento di prendere una decisione e di lasciare da parte leggi e fortuna. Aspettare di individuare un nuovo analista di laboratorio avrebbe potuto richiedere giorni. E Lagalante aveva fretta di concludere quanto prima l'indagine.

– Va bene, Momento. Non mi lasci altra scelta. Di quanto tempo hai bisogno?

Momento espirò.

– Perché non rispondi?

– Ispettore, non so come dirglielo.

– Dirmi cosa?

– Ero convinto che non mi avrebbe incaricato di questo compito. Per questa ragione, ma soprattutto per motivi personali, ho eseguito comunque le analisi.

– Hai già i risultati?

– È così, ispettore.

– Chi ti ha dato i campioni biologici raccolti sulla scena dell'omicidio Fangini?

Lagalante si accorse della stupidità della domanda. Momento non avrebbe parlato. Riguardo le analisi, non poteva rifiutarle. Affidabile o meno, il risultato non sarebbe cambiato, in qualunque momento le analisi fossero state fatte.

– Ho deciso di fare da solo perché sarei morto, se non avessi sparato al virogello con la mia pistola. La faccenda mi riguarda personalmente. In ogni caso, se può interessarle, avrei aspettato, se mi avesse accordato un po' di fiducia. Inoltre, conoscendo l'alcolismo di Bucci, ho ritenuto necessaria una controprova.

– Va bene, va bene, ho capito. I risultati, cosa dicono i risultati?

– Al novantacinque per cento, il virogello che mi ha aggredito è lo stesso che ha ammazzato l'onorevole Fangini.

– Momento.

– Mi dica, ispettore.

– Dobbiamo incontrarci di persona.

– Quando?

– Adesso. Hai sparato al tuo aggressore, giusto?

– Gli ho sparato alle gambe.

– Lo hai visto in faccia?

– No, purtroppo. Ma posso descriverne altezza, corporatura e tono di voce. Quando gli ho sparato, ha bestemmiato. Era un maschio, di questo sono certo.

– Incontriamoci ai vecchi magazzini Altieri.

– Mm, non credo di sapere dove si trovino.

– Usa internet e risolvi la cosa. Vediamoci lì tra venti minuti.

– Ricevuto.

– Ah.

– Cosa?

– E di Bucci? Che cosa ne facciamo?

– Lo lasci lì. Lo conosco; se la caverà.

Bucci, intanto, sembrava dormire: respiro lento e regolare, occhi chiusi.

– Mentre dorme, l'omicida potrebbe liquidarlo. Chiamerò l'ambulanza. Finché resterà tra le pareti di un pronto soccorso, sarà temporaneamente al sicuro.

– Ma è solo ubriaco. Ispettore, perché dovrebbero portarlo in pronto soccorso?

– Lascia fare a me.

– Ho questa sensazione, Momento.

– Quale, ispettore?

– Che il virogello a cui sto dando la caccia sia più stupido che intelligente.

– Perché dice questo? Dal modo in cui si è introdotto nell'appartamento dell'onorevole Fangini si deduce una certa abilità. Inoltre, a parte un po' di sangue sulla scena del crimine, il virogello non ha lasciato ulteriori tracce. Per un incensurato, lasciare alla polizia una goccia di sangue non è un grosso problema.

– Non sto mettendo in dubbio le sue capacità tattiche. Conosco assassini a contratto abilissimi fisicamente ma incapaci di fare due più due. Il nostro virogello non è sveglio come sembra. Abbiamo paura di lui: è il solo motivo per cui lo rispettiamo. Ma se analizziamo le sue azioni sul piano logico, cosa otteniamo?

Momento e Lagalante erano fuori città, accanto all'ingresso principale dei vecchi magazzini Altieri, un complesso di capannoni abbandonati appartenuti alla ditta Altieri, un'azienda distributrice di beni alimentari fallita sei anni prima.

– Hmm.

– Perché aggredirti? Attaccandoti, ha detto chiaramente che possiede scarso autocontrollo. Possiamo dedurre che se una persona in qualche modo utile alle indagini venisse contattata dalla polizia, lui cercherebbe di eliminarla.

Momento ripensò all'aggressione, alla porta scardinata silenziosamente mentre lui lavorava al computer, all'errore commesso dal virogello nel colpirlo, ai proiettili esplosi con la pistola nascosta sotto il letto, al sangue sui muri e sul pavimento.

– Secondo: ha creato un collegamento tra due delitti che, se tu non fossi un mio informatore, noi delle forze dell'ordine non avremmo individuato così presto.

Lagalante si accese una sigaretta.

– Ispettore, ha già qualcosa in mente, vero? Non so perché, ma ho un brutto presentimento.

– Dobbiamo sfruttare le sue debolezze, non credi? Ed è qui, Momento, che entri in gioco tu.

– Il patto era un altro.

– No, il nostro patto era esattamente questo: tu mi avresti dato una mano, e io, in cambio, ti avrei tenuto fuori dalle indagini. I patti restano tali. – Lagalante gettò la sigaretta a terra. – Dimenticherò la faccenda dell'aggressione come promesso.

Momento inarcò il sopracciglio destro e mise le braccia conserte.

– Continui. Voglio sapere dove andrà a parare.

Lagalante si incamminò verso quello che un tempo era stato il parcheggio per gli operai dei magazzini Altieri. Adesso era un campo di asfalto sbiancato dal sole.

– L'unico modo che abbiamo per prendere il virogello – disse – è facilitare una nuova aggressione.

– Lo sapevo.

– È tutto a posto, Momento: sarà una missione ufficiale.

– E su quali basi giustificherà la sua teoria? Perché mai, diranno i magistrati, l'ispettore Lagalante ritiene che Momento rischi la vita per mano dello stesso virogello che ha ucciso l'onorevole Fangini?

L'ispettore non avrebbe voluto rispondere alla domanda, ma sentiva di doverlo fare. Momento, dopotutto, avrebbe rischiato la vita se avesse accettato.

– Dirò che un esperto da me consultato, un certo Aristide Bucci, ti ha indicato come persona probabilmente coinvolta nell'omicidio del deputato Fangini.

– Lei è pazzo.

– È l'unico modo che abbiamo per sorvegliarti e quindi proteggerti, e, al tempo stesso, nascondere agli inquirenti la tua prima aggressione. Quando cattureremo il virogello, grazie ai test biologici tu sarai scagionato e le dichiarazioni di Aristide Bucci verranno buttate nel cesso e considerate i vaneggiamenti di un ubriacone.

– E se il virogello non dovesse attaccarmi?

– Non vedo il futuro, Momento. Per adesso, ipotizziamo il meglio.

– Il meglio. Certo.

Nelle due settimane successive, gli agenti di polizia incaricati della sorveglianza di Karl Momento individuarono due potenziali sospetti. I soggetti, entrambi di sesso maschile, nell'ottanta per cento dei casi avevano percorso le medesime strade e visitato gli stessi luoghi frequentati da Momento. Uno dei due era stato soprannominato dagli agenti *Armadio Che Cammina*. L'uomo, sulla quarantina, superava i due metri, aveva spalle squadrate, una barba corta e una mascella che gli agenti addetti alla sorveglianza avevano qualificato "rettangolare". Lagalante era soddisfatto di come le cose stavano procedendo. A quanto pareva, l'omicida non umano del deputato Fangini era persino più stupido di quanto lui avesse immaginato. Un principiante? Improbabile, poiché nessuno avrebbe ingaggiato un novellino per uccidere un deputato. Un solitario? Forse. Infatti, poteva trattarsi di un virogello desideroso di paternità che aveva deciso di intimidire i politici contrari alla legge che avrebbe autorizzato la procreazione dei virogelli.

Finora, Karl Momento si era comportato bene. La recita nel circolo per ciechi di qualche settimana prima non era stata un caso – l'informatore ci sapeva fare con la recitazione. Le sue abitudini, dopo l'inizio della sorveglianza, non erano cambiate. Momento, infatti, nonostante sapesse di trovarsi sotto lo sguardo costante della polizia, non aveva tradito il suo doppio ruolo: il primo, quello ufficiale, di consulente scientifico sottoposto a sorveglianza segreta perché sospettato di omicidio dell'onorevole Fangini; il secondo, sotterraneo – che solo Lagalante e lo stesso Momento conoscevano – di esca per la cattura del virogello che aveva ucciso il deputato. Mentre gli agenti di sorveglianza seguivano Momento tra la folla e, al tempo stesso, cercavano di non perdere di vista *Armadio Che Cammina* e il secondo sospettato, Lagalante si occupava di casi arretrati nel suo ufficio in commissariato. Questa lontananza dal caso Fangini era quanto di più simile a una vacanza gli fosse capitato nell'ultimo anno.

Il telefonino di Lagalante cominciò a vibrare.

– Pronto? – rispose l'ispettore senza staccare gli occhi dal personal computer.

– Ispettore.

– Momento! Cosa cazzo fai?

– Questa linea è sicura, non si preoccupi.

Momento ansimava. Inoltre, dal modo in cui le parole inciampavano, Lagalante dedusse che l'informatore stesse camminando a passo svelto, quasi correndo. Di tanto in tanto, poi, l'intensità del respiro sfumava per poi tornare subito normale, come se il naso e la bocca si allontanassero temporaneamente dal microfono.

– C'è qualcosa che non va, vero? – Lagalante era eccitato: forse, finalmente, le acque si muovevano. Il telefonino emise tre bip: chiamata in arrivo. L'ispettore guardò lo schermo del cellulare: era l'onorevole Banti, uno dei firmatari della legge che, se approvata, avrebbe liberalizzato la procreazione tra virogelli.

– Mi stanno pedinando. Hanno deciso di uccidermi per strada, davanti a tutti.

– Calmati, Momento: è solo paranoia.

– Non cercano nemmeno di nascondersi. Ho cambiato strada più di quindici volte, negli ultimi trenta minuti, e quei tizi sono ancora lì, alle mie calcagna.

– Devo vedere l'unità di sorveglianza. Continua a muoverti ed evita le zone isolate. A dopo.

Lagalante prese il cappotto e lasciò il commissariato. In strada, montò sull'auto e raggiunse il più veloce che poté la base operativa mobile destinata alla sorveglianza di Karl Momento. Inviò un messaggio telefonico al responsabile delle operazioni, l'agente Paolo Gardini: il portello del furgone blu si aprì. Sulla fiancata del veicolo, la scritta "Riparazioni Montecchi: tubi, cavi ed elettrodomestici."

– Buongiorno, ispettore.

– Gardini. Novità?

– Qualcosa si muove. Ha un ottimo sesto senso, ispettore.

– Fortuna. Mi aggiorni.

La squadra operativa era in posizione.

Momento occupava una panchina all'interno di un parco pubblico. Anche *Armadio Che Cammina* sedeva su una delle panchine del parco. A differenza di Momento, però, si trovava sotto la chioma di un albero. Lagalante aveva chiesto a Momento di sedere in una zona visibile dall'alto. Il secondo sospettato, invece, aveva cambiato strada non appena Momento e *Armadio Che Cammina* erano entrati nel parco. Lagalante comunicava con l'informatore tramite il cellulare.

Intanto, una squadra formata da cinque agenti operativi stazionava sul tetto di un palazzo di tre piani che si affacciava sul parco. Lagalante scrisse a Momento un SMS: "Raggiungi il vicolo cieco più vicino. Gli agenti sono dietro di te. Ci siamo." Momento era così spaventato che ormai non era più in grado di opporsi. Eseguire gli ordini di Lagalante era diventato una forma perversa di conforto.

– Ispettore – confermò Gardini. – Il nostro uomo si sta muovendo.

– Bene. La squadra è in posizione?

– Non vedono l'ora di intervenire: sono più che pronti.

– Torno subito.

Lagalante uscì dal furgone e chiuse la porta dietro di sé. Prese il cellulare e scrisse un messaggio per Momento: "Mantieni la calma. *Armadio Che Cammina* è al centro di cinque mirini: sei al sicuro." Inviato il messaggio, Lagalante ne cancellò qualunque copia di *backup*. Nei giorni successivi, Momento si sarebbe occupato della cancellazione definitiva. Alle spalle dell'ispettore la porta del furgone si aprì. Era uno degli altri agenti addetti alla sorveglianza di Momento.

– Ispettore, sta succedendo qualcosa.

– Arrivo.

L'agente rientrò nel furgone, Lagalante lo seguì.

– È strano – disse Gardini.

– A cosa si riferisce? – domandò Lagalante.

– Perché è entrato in quel vicolo?

– Perché no?

– Si vede sin dall'imboccatura che è un vicolo cieco e disabitato.

– Magari deve pisciare.

– Uh. È probabile.

Impossibile, ormai, che gli agenti di sorveglianza potessero ipotizzare che Karl Momento non si fosse accorto del suo inseguitore. Nel vicolo, infatti, c'erano solo l'informatore e, a una ventina di metri dietro di lui, *Armadio Che Cammina*.

– Ma certo! – disse l'agente Gardini. – *Armadio Che Cammina* non sta pedinando. Lui e Momento sono in combutta… Il vicolo altro non è che un punto di incontro. È isolato, perfetto, quindi, per incontrarsi lontano da occhi indiscreti.

Lagalante era felice che le ipotesi formulate dagli agenti di sorveglianza non coincidessero con la verità dei fatti. Anche Momento si trovava in una condizione simile, ma non uguale. La squadra operativa, infatti, più che sparare a qualcuno, aveva il compito di direzionare strumenti di ripresa video e audio a distanza verso l'informatore. La armi c'erano, ma gli agenti non avevano ricevuto l'ordine di tenerle puntate sull'obiettivo così come Lagalante aveva raccontato a Momento.

– Lei crede che *Armadio Che Cammina* sia coinvolto nell'omicidio Fangini?

– Lo sapremo presto.

Le immagini sullo schermo mostravano quanto veniva ripreso dalla squadra operativa, i cui membri, per seguire gli spostamenti di Karl Momento, si erano introdotti in uno degli edifici che si affacciavano sul vicolo. Due di loro erano nello stabile; i tre restanti, invece, erano sul tetto, pronti a calarsi in caso di necessità.

Attraverso gli altoparlanti, la voce di Momento giungeva a singhiozzi. Finora, *Armadio Che Cammina* non aveva parlato.

– Cosa vuoi? Non ti è bastato…

– "Non ti è bastato"? – domandò Gardini. – A cosa si riferisce?

Lagalante zittì Gardini portando l'indice della mano destra alla bocca.

– Non so… Inutile farmi fuori. Dove cazzo siete? Venite fuori! Traditore!

Momento parlava rivolgendosi al cielo.

La trasmissione audio si interruppe. Rimasero le immagini. *Armadio Che Cammina* aveva colpito Momento con uno schiaffo scaraventandolo a terra.

– Cosa diavolo sta succedendo? – disse Lagalante. – Guardate.

L'orlo inferiore del cappotto di *Armadio Che Cammina* si sollevò. I pantaloni erano bucati all'altezza del coccige: Lagalante e gli altri riconobbero la gelliana, l'escrescenza di carne per mezzo della quale i virogelli secernevano la superseta.

È lui, cazzo. È l'assassino. Pensò Lagalante.

– Li faccia intervenire, agente.

– Intervenire? Perché?

– Adesso! È l'assassino, cazzo!

– Arrestare il sospetto! – disse Gardini. – Ripeto: arrestare il sospetto.

– Entriamo nel vicolo. Passo. – Comunicò il capo della squadra operativa.

Il virogello aveva tessuto della superseta. Il filo biologico era trasparente; Lagalante e gli altri agenti di polizia nel furgone sapevano che c'era perché *Armadio Che Cammina* aveva le mani strette a pugno: la mano destra era sollevata sopra la testa, quella sinistra, invece, si trovava in corrispondenza del fianco, a lato – il virogello impugnava la superseta come se fosse un laccio. Karl Momento, intanto, non mostrava segni di vita. Nel cadere, aveva sbattuto la testa contro un tubo di ferro ed era probabilmente svenuto. Mentre *Armadio Che Cammina* sollevava il corpo di Momento con la mano sinistra, gli agenti armati entrarono nel vicolo. Uno di loro sparò un proiettile di gomma contro il muro in fondo alla strada senza uscita. Il virogello si voltò. I quattro agenti operativi intervenuti si posizionarono uno accanto all'altro, così da sbarrare l'uscita. Il quinto agente era rimasto nell'edificio, impegnato a riprendere la scena. Lo sguardo di *Armadio Che Cammina* si spostava in continuazione dagli agenti di polizia al corpo immobile di Momento, che intanto aveva lasciato cadere a terra.

Armadio Che Cammina concentrò l'attenzione sugli agenti armati. Il braccio destro, quello sollevato, cominciò a ruotare, prima lentamente, poi sempre più veloce. Gli agenti si guardarono: nessuno di loro aveva mai visto un virogello usare in quel modo la superseta. Eppure, pensò Lagalante, l'omicidio Fangini avrebbe dovuto aprire loro la mente: la creazione tecnologica più importante del secolo può diventare anche un'arma. I cinque agenti puntarono le pistole. Non appena il virogello scagliò il laccio invisibile, il secondo agente sulla sinistra esplose due colpi ravvicinati. *Armadio Che Cammina* cadde all'indietro come se qualcuno lo avesse trascinato per le spalle. Gli agenti raggiunsero il virogello e lo immobilizzarono. Gardini chiamò l'ambulanza. Lagalante pensò che sarebbe stato meglio chiamarla prima, visto che Momento, da quando aveva sbattuto la testa sul tubo di ferro, non sembrava essersi ripreso. Intanto, la squadra operativa aveva immobilizzato "Armadio Che Cammina", incatenandogli polsi e caviglie.

Karl Momento fu dimesso dall'ospedale due giorni dopo. A parte svenire in seguito al trauma cranico, non aveva riportato altre conseguenze.

Dai test di laboratorio, *Armadio Che Cammina* venne identificato come il proprietario del sangue di virogello trovato sulla scena del crimine dell'omicidio Fangini. A differenza di quanto ipotizzato da Aristide Bucci, *Armadio Che Cammina*, il cui vero nome era Alberto Cucinotti, aveva agito da solo. Questo, almeno, era quanto emerso dalle prime dichiarazioni del virogello. Tra le altre cose, Cucinotti aveva detto: "Fangini è solo il primo. La legge sulla procreazione dei virogelli è necessaria! A morte gli oppositori! Io e la mia ragazza ci amiamo e vogliamo un bambino tutto nostro. Chi si credono di essere, questi politici?" A Lagalante la motivazione era sembrata scontata, quasi un sunto di ciò che inquirenti, politici e opinione pubblica avrebbero voluto sentire. Tuttavia, dopo una più attenta riflessione, l'ispettore aveva concluso che i suoi non erano che capricci estetici: più che "sospette", le parole di Cucinotti gli sembravano "brutte".

Quella mattina, dopo un colloquio privato con il senatore Pontelli, Lagalante sarebbe dovuto tornare in ufficio. Invece, uscendo dallo studio del parlamentare, aveva cambiato idea e si era recato all'ospedale in cui era ricoverata Luce Missoni. Il virogello era in coma: il colpo ricevuto alla testa durante la manifestazione si era rivelato più grave del previsto. La donna, infatti, all'inizio cosciente, dopo l'intervento chirurgico era peggiorata. Era passato quasi un mese, da allora.

Dal giorno del coma, l'atmosfera in città era diventata surreale. Lagalante sapeva che la calma nelle strade era dovuta a Luce Missoni, non ai carri armati. Finché il virogello fosse rimasto in vita o, almeno, finché ci fossero state possibilità che lo restasse, non ci sarebbero state manifestazioni violente da parte né dei virogelli né degli esseri umani non modificati. Lagalante aveva sempre creduto che l'omicidio di un politico importante come Fangini avrebbe stravolto gli equilibri sociali tra virogelli e non virogelli. Invece era bastato l'atto violento e per nulla politico di un cittadino per gettare il Paese in una condizione di sospensione psichica. Il senatore Pontelli aveva detto a Lagalante che la morte di Luce Missoni avrebbe potuto mettere a rischio la sicurezza nazionale. Un modo come un altro, aveva pensato l'ispettore mentre ascoltava il parlamentare, per discutere di legge marziale. Lagalante avrebbe voluto che i politici facessero la loro parte, calmando le paure della gente. Perché non intervenivano? Dove erano finiti i comizi fiume a cui i politici avevano abituato il pubblico dei mass media?

Fuori dell'ospedale, erano parcheggiati una dozzina di veicoli, soprattutto auto, ma anche furgoni e motorini. Ciascuno dei veicoli recava sulla carrozzeria il simbolo di una testata giornalistica o di un canale radiofonico. C'era anche la televisione. Nessuno dei giornalisti si accorse di Lagalante: erano tutti impegnati a intervistare pazienti, medici e infermieri. Lagalante distolse lo sguardo, qualcuno avrebbe potuto riconoscerlo. Niente interviste né dichiarazioni, né ora né mai – oltre le conferenze stampa ufficiali, l'ispettore non avrebbe parlato.

Era nell'atrio. I due piantoni lo videro e annuirono. Preso l'ascensore, Lagalante premette il numero 3. Voleva fumare. Chi se ne sarebbe accorto, una volta lasciata la cabina? Quando le porte si aprirono, il desiderio evaporò.

Il corridoio del reparto di rianimazione era quasi deserto. In fondo al tunnel di luce al neon bianca, sulla destra, accanto alla penultima porta della parete, c'era un agente di polizia che sedeva su una sedia nera e sfogliava rumorosamente le pagine di una rivista. Lagalante attraversò il corridoio senza guardare all'interno delle stanze che scorrevano ai suoi lati. Farlo gli metteva ogni volta una certa tristezza. Di pensieri malinconici ne aveva a sufficienza. Nonostante la finestra sulla parete di fondo del corridoio fosse chiusa, il rumore della strada filtrava.

– Buongiorno, agente.

– Ispettore.

– Come sta? – chiese Lagalante indicando con la testa la stanza di Luce Missoni.

L'agente di guardia chiuse la rivista ed espirò sollevando gli angoli della bocca.

– I medici dicono che ci sono scarsissime possibilità che sopravviva.

– Cazzo.

– Un'ora fa sono passati alcuni parlamentari.

– Davvero? Li ha riconosciuti?

– Uno: l'onorevole Caressi.

Lagalante sorrise.

– Caressi, eh?

– Proprio lui.

L'onorevole Augusto Caressi faceva parte del partito di opposizione al governo. Secondo i giornali, lui e il defunto deputato Fangini erano stati grandi amici. Lagalante si chiese mentalmente perché Caressi, un antivirogello convinto, praticamente razzista, fosse tanto interessato alla salute di Luce Missoni.

Lagalante si affacciò alla stanza.

Luce Missoni respirava tramite una macchina.

Fino a oggi, l'ispettore non aveva pensato a Luce più di quanto non avessero fatto i suoi colleghi, nei limiti, cioè, di un'empatia minima che la maggior parte dei poliziotti sviluppava naturalmente verso le vittime di casi simili. Adesso, però, mentre guardava il corpo di Luce Missoni, immobile, avvolto da lenzuola bianche e circondato da macchinari ticchettanti, Lagalante si accorse di tenere alla vita del virogello più di quanto avesse fatto in passato nei confronti di una qualunque altra vittima di crimini violenti, umana e non. In gioco, questa volta, non c'era solo la vita di un innocente, ma la sopravvivenza di una nazione. Tutti, dopo la morte di Luce, sarebbero cambiati. Alcuni avrebbero votato se stessi alla guerriglia – i servizi segreti già segnalavano sviluppi a riguardo; altri, invece, avrebbero avuto paura e basta. La gente sapeva come avrebbe reagito. I politici, anche. Tutti sembravano certi che la morte di Luce Missoni avrebbe scatenato un'apocalisse. Lagalante immaginò la popolazione accendere un cero in onore della nazione, mentre la nazione era ancora viva – una sorta di veglia preventiva.

– Ispettore, tutto bene?

– Eh?

– C'è qualcosa che non va?

– No, tutto a posto. Pregavo.
– Non credo servirà. È spacciata, ormai.
– Pregavo per qualcun altro.

Unplugged

di Sandro Battisti

La radio trasmetteva su frequenze digitali. Si era connesso a un sito di streaming il cui nome rimandava a una vecchia radio FM, alcuni fondatori erano i proprietari del canale digitale. Era passato tanto tempo dalla creazione della radio in modulazione di frequenza, lustri sommati ad altri, da quando l'idea nacque tra un gruppo di giovani cultori del rock; ora quella volontà era divenuta proprietà di persone di due generazioni più giovani, e ai vecchi fondatori era rimasto soltanto un orticello digitale con cui continuare a coltivare la medesima, trita emozione.

Aurelio, da vecchio ascoltatore di quel gruppo di dj, non era interessato ad andare più di tanto dietro agli sbiaditi ricordi, che lo riportavano alla sua gioventù e non appartenevano più al suo mondo adulto. Aveva fatto un percorso che lo rendeva completo, profondo, che non rinnegava in nessun modo.

"Del resto sono complicato, costruisco armature di parole con gradi di complessità crescenti e ammanto le mie storie fantasiose di particolari che richiamano la tecnologia, le rendo ricche di rimandi al futuro più profondo in cui l'umanità sarà ben altro; ma adesso che ci penso, capisco che non ho mai inserito nel mio kernel la condizione che reputo più irriducibile: quella umana."

Fu richiamato all'ordine dalla parola *kernel*, quello strano termine che aveva attraversato i suoi pensieri e che aveva attinenza con la propria passione e professione di sempre: l'informatica. Aurelio aveva usato i vocaboli di quel mondo così tante volte, da aver influenzato la propria vita. Percezioni, attitudini e paragoni evocati dalla tecnologia informatica; ogni sviluppo degli avvenimenti umani, pensava sovente, poteva essere ridotto ad alberi di logica e a tecniche di programmazione, oppure a processi di basso codice operativo in grado di regolare l'hardware.

Sentiva il bisogno di liberarsi di quegli orpelli linguistici e cerebrali. La sua esistenza doveva suonare al pari di un *unplugged*, come se i *Nirvana* avessero performato nuovamente negli studi televisivi, soltanto con i propri strumenti non elettrificati.

– *Action!*

La voce di Aurelio sembrava risuonare nella stanza, accompagnata da un codazzo ideale di gente che simulava, nella sua testa, una troupe cinematografica. Invece stava soltanto facendo scorrere un altro dei suoi film, era un'immagine aggiuntiva che lo accompagnava nella sua vita gassata, aggiunta di elementi sintetici e inesistenti.

– *I said action!*

La ripetizione si era resa necessaria, ma i suoi effetti, subito dopo il decadere dell'eco vocale (tutto nella sua testa), lo lasciavano di nuovo da solo, spogliato delle proprie finzioni mentali. In radio i vecchi dj stavano trasmettendo *This is hardcore* dei *Pulp*, e Aurelio ne rivide prontamente il video.

Si sentì proiettato nel clip, si vide sul set del video. Il *singer* Jarvis Cocker era nell'angolo trucco e si lasciava preparare da un'unica professionista del make-up, con cui non proferiva parola, immerso com'era nella concentrazione del set.

> Viveva per la musica. Ogni volta che ci pensava, si analizzava sempre più a fondo e affinava il concetto che gran parte dei suoi termini di paragone erano basati sul mondo musicale; anche la necessità di asciugare i suoi stili espressivi, fino a portarli ai livelli di un *unplugged*, pensò che facesse parte dello stesso bisogno. Gli vennero in mente i grandi artisti rock del passato, che avevano fatto della tecnologia la loro bandiera, che erano arrivati a esprimersi anche in forme acustiche, quasi un esporre al mondo la propria essenza umana.
>
> "Anche i *Pink Floyd*, David Gilmour in particolare, da paladino delle sofisticazioni tecnologiche, aveva anelato a diventare, in età matura, pure vibrazioni, aveva pensato di esporre soltanto se stesso al giudizio finale del mondo". Questo pensò mentre si grattava il mento; capì che ogni termine di esistenza significava note, accordi, che divenivano immagini mentali di ogni tipo e poi umore: ogni suono musicale era un simbolo di umore; ogni sensazione aveva sfumature degne di un caleidoscopio che lui, solo lui, poteva interpretare correttamente.

Il videoclip scorreva. Ora in primo piano si presentava un enorme fiore di ventagli a piume, dal colore ibrido e sintetico, a metà strada tra il verde e il blu: sembrava contenere idrocarburi. La musica trascinava Aurelio era in un piacevolissimo deliquio e scoprì di essere stato trascinato giù, invischiato nella melodia insieme a Jarvis Cocker, come se il cantante stesse agitando un gorgo di pensieri mesti e decadenti.

Infine Aurelio si ritrovò *laggiù*, da solo e senza Jarvis, ad ammirare le tinte crepuscolari dei ventagli in cui i riflessi oleosi divenivano immagini della sua vita, estensioni nette della sua stessa vitalità votata, ora, alla sintesi: la sua essenza rimandava nel cosmo le vibrazioni dei suoi stati d'animo.

Unplugged.

Meravigliosamente vero.

La musica dei *Pulp* continuava a generare strani svolazzi di umori in cui Aurelio si riconosceva in modo intenso, rinnovato, maturo e finalmente umano: completamente, colpevolmente umano. La tensione verso l'avvenire, verso il profondo futuro, non era scomparsa, semplicemente si era sublimata in un ordine di emozioni interiori morbide, scure, intense, vitali, belle e positive; ogni nuova suggestione contribuiva a farlo divenire sempre più introspettivo.

Si domandò quale poteva essere il fraseggio emozionale successivo, nato anch'esso dal *mood* di quella bella canzone. Aurelio si guardò allo specchio e si sorprese a pensare al mutamento di se stesso con il passare degli anni: si vedeva con una patina consistente di pelle appesantita, lineamenti afflosciati, capelli radi e completamente bianchi; una fatiscenza che faticosamente si guadagnava la visibilità già ormai da un considerevole numero di anni. Vide formarsi nella propria mente il volto di un bambino sconosciuto, che paragonò a Jarvis: sembrava proprio lo stesso bambino divenuto adulto, doveva essere stato uno splendido infante, Cocker, che era riuscito a conservare il broncio e la sorpresa sommessa anche nella vita adulta. Quel bambino che invece era stato lui e che ogni tanto, sempre più di rado – ormai raramente – si affacciava alla sua coscienza e chiedeva udienza. Da dove proveniva prima di essere stato infante? Domande oziose, puramente emozionali...

Il tutto, alla fine, sembrava ridursi a una questione di stile: cambiava l'estetica, ma il ricorso alle domande che l'Umanità aveva sempre posto, finiva per riaffiorare; l'afflato che le sosteneva era ancora la ricerca continua della vita che gonfiava l'involucro di carne e volontà. Era rimasto sempre lo stesso soffio, e la volontà di dominarlo, nonostante l'invadenza tecnologica.

Aurelio era entrato nel clip. Faceva parte della finzione scenica e della trama; aveva in bocca un retrogusto *hard boiled*, lo stesso che si respirava su quel set.

Si trovava all'angolo bar a girare con il bicchiere in mano, cercando di parlare con l'attrice bionda protagonista della trama, cercando di osservare bene la bruna che, in un angolo, suonava il pianoforte intensamente, *fintamente*. Erano, quelle, scene che aveva sempre vissuto da spettatore, da cultore di quel clip e che ora, per chissà quale strana alchimia, percepiva sulla propria pelle: sentiva il calore dei riflettori, le frasi fuori scena dette dagli attori, il regista che dirimeva ogni controversia dei figuranti. Tutto era un sogno liquido che penetrava nella sua pelle. E infatti, alla fine, la vertigine lo colse.

Cominciò con uno strano senso di confusione, poi le membra divennero morbide, *gommose*, quasi un'estensione della celluloide che contaminava la sua carne. Corse a rintanarsi verso le quinte, ma si voltò repentinamente e inciampò in Jarvis: si sentì quasi precipitare in lui, *coincidere* con lui.

– Stai attento a quello che fai! – fu apostrofato dal *singer* in modo aspro. Ma con un misto di orrore e sorpresa scoprì che la voce di Jarvis stava provenendo da se stesso.

Stava per rispondere "Mi scusi, non l'ho vista, ho rovinato la scena?", quando si accorse che la propria voce gli usciva distorta, un pastrocchio sonoro incomprensibile che lo mise in uno stato di agitazione crescente. Jarvis si rivoltava continuamente, una rivoluzione sul proprio *haragiri* e ripeteva sempre lo stesso movimento, un loop, come se fosse rimasto perennemente sorpreso da qualcosa che non riusciva a comprendere.

Tutto il set si andava accartocciando: uno schermo flessibile su cui scorrevano le immagini; quello stesso schermo veniva appallottolato da una forza esterna, soverchiante. Aurelio era lì dentro, con gli altri; continuava ad agitarsi. Un'emulsione della sua figura e degli altri componenti della scena generava una schiuma appiccicaticcia e nauseante.

Rimaneva, però, netta e ben definita la propria essenza senziente: Aurelio continuava a parlare di cose sue, di Jarvis, di altri; mischiava i concetti, ma la differenza semantica non era così chiara. Lui era inspiegabilmente precipitato dentro una grotta e disassemblava i suoni che venivano da una cavea poco lontana, da un teatro romano: un luogo di dolore immenso e collettivo.

Il caleidoscopio delle sensazioni evocate in quel luogo si rifletteva su di lui che lasciava andare verso il fondo della cavea le ombre antropomorfe del proprio corpo; così, si univa ai *Pink Floyd*. Il suono diveniva puro, emozione raffinata e adamantina, un continuo fluire dell'anima. Lui era umano e al contempo anima, e insieme gocce di energia senziente: roteò su se stesso, felice di essere libero, poi osservò i Pink Floyd invecchiare, divenire maggiormente consapevoli della loro natura semplice, non artefatta.

Ognuno dei coinvolti si stava liberando delle strutture artefatte, la tecnologia si era defogliata e aveva lasciato intravedere l'albero dell'essenza.

Tutto appariva come un enorme unplugged psichico.

Tutto era un enorme calderone di energia antichissima, e purissima.

Quella cavea era riempita all'inverosimile di spettatori.

La missione era compiuta, pensò Aurelio: aveva raggiunto il proprio centro di consapevolezza e poteva essere un uomo nuovo, un essere, un'anima. La radio e tutta la tecnologia erano semplicemente diventati mezzi inutili.

Aurelio era diventato finalmente uomo; si lasciò dietro ogni orpello tecnologico e, infine, si dispose per la morte: si sentiva semplice, come solo un essere umano *puro* poteva esserlo.

Autopilot

di Fernando Fazzari

Will we arrive in the middle of nowhere
QotSA

Lo studio è immerso in una palude di penombra. Si sente solo il ronzare del condizionatore. La Goldmann brilla per un attimo, investita dal fascio di luce della lampada sulla scrivania. È una lente che conosce bene. Serve a esplorare l'estrema periferia retinica. Ne ha una nella borsa, uguale a quella che l'oculista sta ripulendo con zelo.

Giancarlo è più di un collega: un amico, un fratello. A vederlo quasi non crede che con quel distinto medico di mezza età ha diviso l'aria, il cibo, le sbronze e i mal di testa dei suoi vent'anni.

– Come ti senti?

– Nel complesso, una merda.

– No, dico l'anestesia. Com'è?

– Tetracaina arrivata in porto, capitano sir. Adesso puoi passarmi la cartavetro sugli occhi.

– Mi accontento di 'sta Goldmann. Dai, sistèmati.

Così Fulvio si appoggia sulla mentoniera della lampada a fessura. Calca bene il volto sui supporti dello strumento e per un attimo perde il respiro in un vuoto claustrofobico. Mentre da lì osserva l'amico finire i preparativi e avvicinarsi, pensa a quanti dei suoi pazienti sarà capitato di provare la stessa sensazione: un moto di costrizione sul cranio che fa pensare a uno che attende lo scatto dell'interruttore della sedia elettrica.

Giancarlo siede sullo sgabello, sistema sotto il gomito la piccola bara nera (che è la custodia della lente che ora stringe tra pollice e indice) e avverte: – Sai che fare, no?

– Farò il bravo, sir, non muoverò un solo maledetto muscolo che lei non voglia.

Non dovrebbe sentire niente – e così è, in effetti – ma, al contatto del gel che separa la Goldmann dalla sua cornea, un brivido gli attraversa i nervi.

– Guarda in su.

Il condizionatore ha come un'accelerazione improvvisa, roca.

– Adesso in alto e a sinistra.

Poi ritorna a stendere il consueto tappeto di rumore bianco.

– Tutto a sinistra.

Che idea, un condannato sulla sedia elettrica.

– In basso e a sinistra.

Di sicuro, uno che sta per togliersi ogni pensiero.

– Hu-hum, adesso fai come se stessi guardando i tuoi piedi.

Stessa danza per l'altra metà dei movimenti che gli restano da compiere e per tutti quelli necessari a Giancarlo per esplorare anche l'occhio sinistro.

– Bene, abbiamo finito. Datti una ripulita. Le garze sono lì accanto.

Mentre si alza in piedi e va verso la scrivania, Fulvio non si chiede se Giancarlo ha trovato qualcosa. Lo spera, lo desidera con tutto se stesso.

– Allora, che hai visto?

– Una bella secchiata di niente. Sano come un pesce. Adesso ti siedi e mi spieghi perché, con un esercito di oculisti alle tue dipendenze, sei volato fino a Londra per farti visitare proprio dal sottoscritto.

A quell'ora di sera, con il buio che è calato come vernice fresca sulla metropoli, il traffico di Bath Road è quanto di peggio possano desiderare le sue pupille dilatate. Migliaia di luci si fondono l'una con l'altra: i fanali di coda delle macchine, gli edifici, l'illuminazione stradale... tutto attorno a Heathrow è cibo di cui il suo spaventoso mal di testa non smette di ingozzarsi. L'effetto dei colliri che sono stati versati a pinte nei suoi occhi è duro a svanire.

L'aeroporto non è da meno. Fulvio s'immerge nella chiassosa umanità che scorre nelle vene dei terminal. Li odia tutti, nessuno escluso. Ammesso che tutti riuscissero a stare zitti, li detesterebbe lo stesso, convinto com'è che anche il rumore dei loro pensieri continuerebbe comunque a nutrire il suo disagio.

Potendo, li farebbe saltare tutti per aria.

Le nocche della mano che regge la valigia diventano bianche.

Sgranando la coda del *check-in* – il rosario del pendolare dei cieli – la sua mente ritorna a Giancarlo.

– Perché sei volato fino a Londra per farti visitare proprio dal sottoscritto?

– Perché sei l'unico con cui posso insistere.

– Insistere su cosa?

– Sul fatto che ci deve pur essere una causa, un sollevamento o un foro retinico, che so...

– Non c'è niente, *my friend.*

– Perché io la vedo, la vedo 'sta cazzo di macchia rossa, capisci?

A quel punto, mentre l'amico lo fissa sempre più sbigottito, la sua voce diventa stridula: – C'è, ti dico. Di più: ha una forma definita. Delle volte mi sembra di vederla così bene, quasi a fuoco, proprio qui, al lato dell'emicampo destro.

– E sarebbe? Cos'è che vedi, Fulvio?

– Una maniglia rossa. Ecco, te l'ho detto.

Giancarlo piega la testa di lato, come a cercare di intendere meglio.

– Una maniglia rossa tipo... hai presente i freni di emergenza di quei vecchi Espresso Notte?

– Tu non hai bisogno di un oftalmologo, fratello mio. Ti ci vuole uno strizzacervelli. Ecco chi ci vuole per le allucinazioni.

Allucinazioni. Potrebbe essere.

Su nessun aereo di linea della British Airways è montato un freno d'emergenza di un vecchio vagone ferroviario. Men che meno sul volo Heathrow-Fiumicino che lo sta riportando a casa.

L'effetto delle gocce di midriatico è svanito da un pezzo, tuttavia il mal di testa non accenna a diminuire. Le due aspirine che si è fatto spacciare dalla hostess non sono servite a nulla.

Fulvio decide di darsi una sciacquata in bagno.

Apre la borsa e ci rovista dentro, poi la abbandona sul sedile.

Percorre il corridoio con passo lento, soffermandosi – in una maniera che agli altri appare allucinata – sui volti dei passeggeri. L'aeromobile è quasi pieno e c'è gente di tutti i tipi, così eterogenea da suggerire l'idea di una nuova Arca che sorvola l'ultimo Diluvio Universale.

Finalmente in bagno, da solo.

L'acqua sul volto non basta, così si bagna tutta la testa, nuca compresa. E un risultato lo ottiene. Quello di vederci ancora più chiaro. Tanto da materializzare la maniglia rossa anche nel riflesso dello specchio.

Gli sembra di impazzire. Il mal di testa è un trapano nel cervello.

Alla fine cede.

Stacca la mano destra dalla testa e la solleva in alto.

Il metallo della maniglia è freddo.

Tira il freno d'emergenza.

È l'arco di tempo di un battito di ciglia e di una piccola turbolenza.

Un tonfo sordo contro la porta.

Fa fatica ad aprire la porta. Una hostess è svenuta proprio lì davanti. Come in trance, Fulvio sposta quel corpo insospettabilmente pesante, lo scavalca e percorre il corridoio al contrario.

I passeggeri sono tutti svenuti. O tutti morti. Ma non gli interessa.

Il mal di testa è scomparso e la maniglia con lui.

Dà uno sguardo alla sua valigia, che è ancora là dove l'ha lasciata.

Arriva fino alla cabina di pilotaggio.

I due uomini in plancia sono riversi di lato, nelle stesse condizioni degli altri.

La spia dell'*autopilot* lampeggia. Oltre la fusoliera, la notte.

Fulvio torna al suo posto.

Chiude la valigia e la ripone nella cappelliera.

Abbassa le palpebre e nel giro di qualche minuto sta già sognando il Giudizio Universale che presenta il conto all'Umanità: per le strade automobili che si scontrano, ponti che si torcono e cedono, treni che deragliano, palazzi che collassano, strade che si aprono, oggetti che cadono dalle mani della gente... e la gente che precipita con loro.

Sogna il silenzio dopo la fine.

E aerei in volo diretti nel mezzo del nulla.

L'eremita

di Roberto Furlani

L'eremita si lasciò alle spalle la propria dimora per scendere in paese a comprare delle vivande. Nel cammino incrociò stranieri dai volti conosciuti, ai quali rivolse laconici cenni del capo in segno di saluto.

Da quindici anni l'uomo aveva dei legami molto labili con la civiltà, vi si recava solo quando necessario. E, d'altro canto, non c'era nessuno che cercasse lui.

L'aria era frizzante, ma non avrebbe piovuto: il cielo era chiazzato solo da qualche rigurgito di nuvole per nulla minaccioso.

Era un tardo inverno gentile, quello, che non stava infierendo sul suo corpo provato dall'età e dalle fatiche passate.

Lo scorrere del tempo e delle vicissitudini che si portava appresso aveva lasciato un'implacabile traccia nell'andatura zoppicante, accompagnata dalle profonde rughe asimmetriche sul volto, solchi violenti e privi di qualsiasi coerenza, come uno sciame di vespe. Tra di esse, su uno zigomo, si stagliava una cicatrice di qualche centimetro, il ricordo imperituro di un banale incidente occorso in gioventù. Quella gioventù durante la quale lui aveva corso un'infinità di volte sulla strada lungo la quale ora si trascinava a stento: la rabbia, la fretta, le eruzioni di felicità erano state le uniche cose che contavano, non certo le salite, le irregolarità del suolo o le bizzarrie atmosferiche. Ora invece gli impeti giovanili erano alle spalle da troppe stagioni e l'uomo accoglieva con sollievo, quasi con gratitudine, l'arrivo di una giornata mite, non troppo rigida.

Sarebbe stato ancora più riposante farsi portare ciò di cui aveva bisogno da qualche garzone, ma non voleva impigrirsi e soprattutto non voleva che nessuno di loro varcasse la soglia della porta di casa sua.

Con un incedere lento, leggermente claudicante, l'eremita raggiunse il luogo della sua prima destinazione, una rivendita di pane a conduzione familiare che esisteva sin da quando lui era bambino.

Le cose erano cambiate, nel frattempo, la stessa fragranza del pane caldo era diversa da quella che aveva conosciuto durante l'infanzia. Ma soprattutto erano cambiati quelli che lo mangiavano: invecchiati, diminuiti ed estranei, proprio come lui.

Attese il suo turno.

– Ha bisogno di un tranquillante? – chiese il soccorritore con voce neutrale e incolore.

Era piuttosto basso e la sua fisionomia era caratterizzata da tratti innaturalmente squadrati, oltremodo marcati, come fossero stati il frutto di una piallata troppo zelante attraverso la venatura sbagliata di una superficie di legno. Sul bianco di ordinanza spiccava una grossa croce dal colore rosso vivace.

– No... – singhiozzò nervosamente la donna. – Sto bene.

Altri due soccorritori stavano portando via la salma dell'uomo, in stato di decomposizione avanzata.

La sua vicina di casa aveva chiamato i soccorsi allarmata dal tanfo che proveniva dall'alloggio attiguo, ma ormai non c'era più nulla da fare se non constatare il decesso, smaltire il cadavere e disinfestare l'area.

Abitavano nello stesso complesso da più di dieci anni, eppure era la prima volta che lei vedeva quel volto. Il volto di un anziano dai lineamenti infossati, pieno di rughe e con una brutta cicatrice su uno zigomo.

La civiltà degli uomini aveva raggiunto uno stadio in cui tutto poteva essere in qualche modo osservato, previsto e assistito, persino la morte, ma a volte il meccanismo s'inceppava e qualche cella dell'alveare si spegneva senza che nessuno se ne accorgesse.

Quell'uomo era stato stroncato da un infarto nella sua cuccia, da solo e lontano da occhi indiscreti: si poteva togliere a qualcuno la libertà, strappargli ogni affetto, ma non farlo riemergere dalla palude della solitudine nella quale si era completamente abbandonato.

– Non sapevo nemmeno che quell'alloggio fosse abitato... – farfugliò la donna, confusamente. Non era disperazione, quella che si coglieva nella sua voce, era più costernazione, il sintomo di uno shock emotivo che derivava da riflessi primordiali e atavici del suo sentire. Era la stessa cosa che accadeva ai polli quando vedevano uccidere uno di loro: guardavano qualcun altro assorbendo l'atrocità che sarebbe toccata loro in un futuro. Non c'era carità in quella sofferenza.

Il soccorritore capì che la donna non era in pericolo e presto si sarebbe calmata. Era il ritmo della respirazione che stava tornando a essere regolare a suggerirglielo, un sintomo che lui sapeva stimare attraverso criteri che andavano al di là della semplice esperienza sul campo.

– Entro un'ora la cella sarà completamente igienizzata e non si sentiranno odori sgradevoli – comunicò il soccorritore, congedandosi.

– Grazie – replicò lei, ancora visibilmente turbata.

Il soccorritore si voltò con il ronzio dei droidi: la riqualificazione di un favo era avviata, il cluster dell'alveare era stato formattato, quindi il suo compito era concluso. Lasciò la struttura assieme agli altri due droidi dalle baluginanti luci blu sulla sommità e al cadavere.

Lei tornò nella propria cella. A breve le cose sarebbero tornate nella norma, entro un'ora tutto sarebbe finito.

Cominciava a sentirsi meglio.

Non si esce vivi dagli anni '80

di Mario Gazzola

Faceva freddo.

I padroni dei cani, a spasso per i bisognini serali, andavano di fretta.

Strapazzavano i loro cuccioli tirandoli per il guinzaglio, incitandoli alla pisciata rapida, attenti a non allontanarsi troppo dal portone di casa, camminando svelti tra le panchine verdi e le macchine in sosta.

Nessuno di loro notò Arturo, a bordo di un vecchia Croma parcheggiata sotto un albero di corso Sempione, era lì da quattro ore, senza autoradio, in compagnia di un Arbre Magique alla vaniglia impiccato allo specchietto.

Per un po' aveva combattuto la noia fumando, poi si era messo a fare i conti in tasca ai viados all'angolo, mentre il tempo non passava, si era grattato via con l'unghia dell'indice una macchia di sporco dai pantaloni, minuto dopo minuto annegava nel sedile della Croma, riempiendo il posacenere, cercando di pensare il meno possibile alle cose importanti.

Non ci riuscì, e alla fine valutò la possibilità di conquistare il mondo con un esercito di zombie atomici.

Teneva d'occhio da quattro ore un locale alla moda dall'altro lato della strada, l'uomo che aspettava era un cliente abituale.

Uscì a mezzanotte e venti, mentre Arturo era impegnato a ricordare sua nonna.

L'uomo si chiamava Mattia Vezzani, trentacinque anni, alto, abbronzato, in una mano le chiavi della Smart e nell'altra quelle del successo.

Salutò gli amichetti, rise un'ultima volta rispondendo al rigurgito di un tormentone televisivo, e si incamminò da solo, verso la sua macchina, avvolto in un cappotto da duemila euro.

Arturo lo riconobbe, prese il machete che era posato sul sedile del passeggero e uscì dalla Croma.

Gli andò incontro borbottando fra sé a denti stretti: – *Ça c'est l'histoire* de Melody Nelson...

– Signor Vezzani...

– Sì?

– Le ho portato questo – disse Arturo porgendogli il machete.

Per quella notte non avrebbe più dovuto combattere la noia.

– Cos'è? – rispose l'altro allarmato.

– Il *suo* Machete. È suo, no?

– Non mi pare proprio – ribatté il Vezzani, riprendendo il controllo. – Ma lei chi è, scusi?

– Sono l'ispettore Trapanato, della Polizia Criminale.

– E cosa posso fare per lei? – chiese Vezzani, con una cortesia che tradiva la sicurezza riconquistata.

– Volevo appunto riportarle il machete. Ero convinto che fosse suo…

– E cosa le dà questa convinzione, ispettore?

– Il fatto che si trovava ben nascosto in una cassetta degli attrezzi nel bagagliaio della *sua* BMW, parcheggiata nel *suo* garage, bello lustro come se fosse appena stato pulito da impronte e tracce…

– Mentre invece lei cosa ci ha trovato sopra?

– Per ora niente, la Scientifica deve ancora analizzarlo. Volevo solo vedere se lei aveva qualcosa da raccontarci, tanto per risparmiare del lavoro inutile.

– Ispettore, quello che avevo da dire l'ho già detto ieri mattina al suo capo, il commissario… come si chiama… sì, Cajello. Come vede, lui mi ha rilasciato senza alcuna imputazione. Ora, se lei non ha nuovi elementi, mi perdonerà…

– Qualcosa di nuovo c'è! – gridò Arturo, attirando l'attenzione dei buttafuori del locale e di alcuni techno-zombie della notte. – C'è che lei è fortemente indiziato dell'omicidio di Eszter Váczi, perché un'arma da taglio che probabilmente è quella del delitto stava nella sua auto! Quindi lei adesso sale su quella Croma laggiù, viene al commissariato e mi spiega bene un sacco di cose!

– *Quella*…? – chiese lo yuppie, con chiaro disappunto.

– Non mi costringa ad ammanettarla – sibilò Arturo, parimenti contrariato.

Faceva ancora più freddo. Dai tombini esalava un puzzo di marcio pestilenziale. La città si stava irrigidendo come un cadavere senza sepoltura. Percorsero buona parte della sua coscia ovest fino al commissariato.

Arturo provava una nausea istintiva per quel personaggio, che gli sembrava uno zombie degli anni '80, una specie di buco nero: se gli si accosta qualcosa di vivo lo inghiotte e lo distrugge. Averlo seduto di fianco in auto gli metteva il gelo nelle ossa.

Mattia Vezzani sedeva infastidito sul sedile della Croma, come se avesse avuto paura di sporcarsi il didietro dei pantaloni. Fu condotto al Livello 3, quello degli interrogatori *duri*. Niente schizzi di sangue o sedie con le catene: una stanzetta cubica, spoglia, giallastra, illuminata dal chiarore fioco di un neon degno dell'obitorio. Un microfono in mezzo, una parete a specchio. Nessuno dei due rivolse una parola all'altro finché non furono seduti nella stanza chiusa.

– Allora, Vezzani: ci racconti la serata dell'altro ieri. Dall'inizio.

– Sono andato al *Saudek* alle 10 di sera. Lì ho trovato un vecchio amico, Tano Liberacci, che in passato aveva lavorato da me alla SiderVezzani. Ci sediamo nel privé a bere un mojito. Verso le dieci e mezza si unisce a noi Vanessa... sì, insomma, *Ester*. Io la conoscevo solo come Vanessa. Fa un po' la diva come al solito, si fa offrire un mojito anche lei, scambia quattro chiacchiere e poi se ne va. Non l'abbiamo più rivista per tutta la serata. Né dopo, poveretta...

– Che ora era quando ha lasciato il locale?

– Siamo andati via dopo diversi altri cocktail, saranno state le 2...

– Ieri mattina aveva detto le 4.

– Sì, quella sera ero un po' alticcio e quindi non ricordavo bene. Ma la testimonianza di Tano, che mi ha letto il commissario Cajello, mi ha fatto ricordare che l'ora giusta era quella.

– E il Liberacci è venuto via con lei.

– Come ho già detto, s'era accorto che ero un po' *storto* e ha insistito per guidare la mia auto fino a casa.

– Un vero samaritano. Poi ha dormito da lei?

– No, ha preso un taxi verso le tre ed è tornato a casa. E a quell'ora *Va...* scusi, *Ester*, era già... be', sì, morta.

Disse *morta* come se si vergognasse della parola.

– Già. L'auto in questione era la BMW, vero?

– Come ho già detto.

– Quindi, il machete potrebbe averlo messo lì il Liberacci, chiudendo poi le portiere col blocco automatico mentre lei barcollava fino a casa?

– Tecnicamente sì, anche se io non lo credo.

– Perché?

– È un amico e non vedo alcun motivo per cui dovrebbe testimoniare per me e poi ingegnarsi per incastrarmi.

– Magari è quello che vuole darle a bere. Comunque, chi potrebbe volerla incastrare?

– Non ne ho la minima idea. Perché non lo scoprite voi?

– Ci proviamo.

– È vero che l'ottanta per cento dei crimini rimane impunito? L'ho sentito al tg...

– Per quanto tempo vi siete frequentati, lei ed Eszter Váczi?

– Sporadicamente, per una settimana.

– Ma se tutti al *Saudek* dicono che vi vedevano sempre insieme da un mese! Alla ragazza piaceva... posare per le sue foto?

Silenzio. Arturo percepì d'aver toccato *il* tasto.

– Quali *foto*?

– Vezzani, lo sanno tutti che lei è un artista incompreso e che le sue ragazze posano nude per i suoi misteriosi set. Quand'è che ci fa vedere un po' delle sue opere?

– Appena faccio una mostra, spero presto. Comunque *Eszh...* dio, come si pronuncia? Insomma, Ester non l'ho mai fotografata.

– E perché?

– Purtroppo non c'è stato il tempo...

– Un capolavoro mancato – ironizzò acido Arturo, uscendo dalla stanza. – Non scappi, Vezzani. Tra un attimo torno da lei.

– Stai riprendendo tutto, vero, Ascolese? – chiese all'agente che seguiva la scena da dietro il vetro a specchio, armato di videocamera su treppiede.

– Tranquillo, ispetto', minuto per minuto!

– Bene, allora via coi botti.

Porta. Seconda ripresa.

– Dicevamo che non ha avuto il tempo di fotografarla – riprese Arturo posando una busta sul tavolo. – Allora queste chi le ha fatte, Helmut Newton? Oppure, il suo mito cecoslovacco, il vero Jan Saudek, che impreziosisce le pareti del vostro locale *fico* con le sue scenette da *bordello*, eh?

Stava colpendo sempre più a fondo.

– Eh sì, Vezzani, abbiamo trovato il suo laboratorio con dentro un bel po' di foto. Guardi, c'è l'albanese Mlana (prostituta e minorenne, a quanto ci risulta) che riproduce la foto *Il Coltello...* è mica quella sulla copertina di un disco rock? Che c'è? È stupito che perfino dei beceri *pulotti* come noi conoscano i grandi artisti della trasgressione? Massì, non siamo dei geni, ma quando occorre c'informiamo anche noi! Guardi questa, è uguale a *Figlia Disubbidiente*, solo che c'è lei stesso con lo scudiscio in mano, mentre il culetto punito è quello di Iveta, diciott'anni, lituana con un debole per la moda sadomaso, ambiente nel quale smista quantitativi industriali di cocaina. Mi corregga se sbaglio.

– Ma...

– E allora, signore e signori, ecco qui il piatto forte della serata: Eszter Váczi nella sua interpretazione di un altro classico da pervertiti: *Woman Once a Bird* di Witkin! Anche se la testa è pelata e l'inquadratura è di spalle, uno scorcio di viso, il tatuaggio sul fondoschiena e i tre nei alla base del collo la identificano chiaramente. Guarda un po', l'altra cosa che nella foto non si vede sono le braccia! Che infatti abbiamo trovato nel cassonetto, staccate dal corpo e avvolte in un sacchetto di cellophane... Facciamola corta, Vezzani: gliele aveva appena tagliate!

– Adesso basta! Non intendo stare qui a farmi insultare oltre da lei! Io sono una persona onesta e un imprenditore, non un serial killer! Ho la passione della fotografia e realizzo immagini che lei troverà morbose, ma questo non vuol dire che ammazzi la gente per farle. Ester aveva le braccia raccolte al petto perché da dietro risultassero invisibili, le cicatrici delle ali tagliate sulla schiena sono fatte col lattice e dopo la foto lei se n'è andata viva e sana com'era entrata, come tutte le altre ragazze che lei ha riconosciuto! Santiddio, qui se c'è una mente morbosa è la sua! Ma come diavolo le è venuto in mente questo film dell'orrore? – gridò Vezzani, esasperato.

– E perché, se è tutto così naturale, ha negato d'averla fotografata? – gridò Arturo di rimando.

– Avevo paura. Lei mi sta torchiando da due ore su 'sta storia, per farmi confessare le sue convinzioni senza prove: ero sicuro che se avessi ammesso d'averla fotografata avrei rafforzato la sua teoria. Certo che ho mentito, ma non ho ucciso. E adesso…

– Un'ultima cosa: come ha convinto una ragazza con atteggiamenti da 'diva' (parole sue) a farsi rasare la chioma per le foto? Con l'amore o col soldo?

– Nessuno dei due: anche il cranio calvo è un trucco, una maschera, come al cinema.

– Strano, sa che la Váczi nel cassonetto, oltre alle braccia monche, aveva anche la testa liscia come una boccia? Ma questo ovviamente non prova nulla…

– L'ha detto lei.

Desiderava picchiarlo selvaggiamente.

Invece si limitò ad andare dietro al vetro, dove Ascolese sonnecchiava nel buio accanto alla videocamera.

– Allora? Lo strizziamo ancora un po'? Chiamo Rocco a darmi il cambio…

– Ispetto', quello se l'è fatta sotto almeno un paio di volte, ma non ha confessato ancora niente. E s'è contraddetto solo sulle foto. Non basta per arrestarlo in assenza di prove. Il giudice non firmerebbe il mandato e comunque qualsiasi avvocato lo tirerebbe fuori domani per pranzo. Molliamolo, magari da libero ci guida lui al punto giusto.

Arturo tornò nel bugigattolo ruminando un 'fanculo fra i denti.

– Per stasera abbiamo finito, Vezzani. La riporto al *Saudek*. Ma non vada in crociera – aggiunse per non dargliela troppo vinta. – Ci vedremo ancora nei prossimi giorni, finché non sono chiarite queste faccende del machete, dei capelli e delle foto.

La Croma lasciò il commissariato per ripercorrere a ritroso la stessa lunga arteria ovest della salma urbana fino al locale. Il freddo sembrava aumentato ancora. Arturo vide diversi tombini esalare piccole colonne di vapore, come se la puzza di marcio provenisse da sotto la crosta della città, dalle viscere del cadavere. Si domandò se fosse pulviscolo radioattivo della Terza Guerra Balcanica o l'ultima trovata dell'amministrazione comunale per aumentare la somiglianza della città con un film americano.

Intorno al *Saudek* la nebbia si era impadronita del paesaggio, ormai svuotato di cani, padroni e viados. Qualche techno-zombie aveva dato fuoco a un cassonetto della spazzatura, senza cadaveri smembrati all'interno. La puzza era comunque insopportabile. Gli zombie dileguati.

Vezzani scese dall'auto malridotta, disdicevole per un passeggero della sua classe, armeggiando in tasca in cerca delle chiavi della Smart. Quelle del successo non le aveva quasi mai mollate.

Arturo scese a sua volta, teneva in mano una borsa porta documenti di cuoio che pareva la cartella di Pinocchio.

– Buonanotte – disse Vezzani, esitando a muoversi. – Io... in un certo senso ammiro la sua costanza, ispettore – azzardò. – Ma non ho ucciso quella ragazza e anche stavolta lei non troverà niente contro di me.

– Già, può tornare a far festa coi suoi amici come se niente fosse. Ma cosa vuol dire *'anche stavolta'*?

– Su, ispettore, non mi prenda per fesso: lo so che erano i suoi mastini che sono venuti a fiutare intorno alle mie officine sei mesi fa, in cerca di presunte lamiere contaminate da uranio jugoslavo. E anche allora se ne tornarono con... mi perdoni, un pugno di mosche in mano. Lei sta costruendo un teorema accusatorio sul nulla, ispettore. Può minacciare Liberacci perché è un pregiudicato, perquisire (chissà con quale mandato) tutte le mie proprietà e interrogare tutte le puttane, i deejay e i negozianti di lame esotiche della città, ma non troverà una goccia di sangue, un'impronta digitale, una testimonianza diretta che provi le sue fantasie. Io non so perché lei mi detesti tanto, certo non solo per le foto che scatto a ragazze consenzienti. Forse rappresento qualcosa che odia, ma sa, faccio anche altri tipi di foto: di *cronaca* per esempio. Pensi, ne ho anche alcune di lei che si sbracciava tanto per far allontanare quei bastardi *terroristi* e risparmiare i loro cranietti alternativi dalle legnate dei suoi colleghi, in quei giorni di Genova, ricorda?

Arturo taceva impietrito, il suo cervello centrifugava furiosamente un solo concetto: *non sta accadendo veramente*.

– È per questo che lei sta così poco simpatico ai suoi superiori che, alla sua età, la mandano di notte a fare appostamenti fuori dalle discoteche? Perché fa fatica a scegliere da che parte stare? Pensi bene a come si muove, ispettore, perché qui non si rifà il caso Terry Broome: Vanessa, o Ester, o come diavolo si chiamava, non era una modella, come io non sono un gioielliere, non era una velina, non stava con un calciatore e non aveva fatto nemmeno un calendario da barbieri. Come si suol dire, non aveva *visibilità*, non esisteva. Domani al *Saudek* al suo posto ci sarà un'altra biondina dalle gambe lunghe e il culetto impertinente e nessuno si accorgerà della differenza. È doloroso, lo so, ma non sono io che faccio i sogni della gente.

Freddo balcanico. La nebbia isolava i duellanti dal resto del mondo, già molto lontano.

– Se non mi crede, provi a fare una telefonata al suo amico al giornale: gli chieda quanto vale al borsino delle notizie una slava sconosciuta morta davanti a una discoteca. Va nelle brevi, se quel giorno non è successo niente d'importante, caro Trapanato. La notizia sarebbe se una Vanessa o una Tatiana sparasse a un noto fotografo di calendari, questa sì che titilla il lettore. Neanche se riuscisse a darmi l'ergastolo stanotte lei riavrebbe le prime pagine di cronaca dei suoi successi contro la mafia del Nord di quindici anni fa. Purtroppo, temo che Vanessa o Ester sia morta per nulla, perché a nessuno fregherà mai di saperlo. Questa è la verità.

Nella mente di Arturo si riavvolgeva vorticosamente una videocassetta: immagini di un povero angelo ungherese ventiduenne, rasato, mutilato e buttato in un cassonetto, immagini porno di un rampante da soap opera e poi facce anonime. Facce slavate di bambocce che ballano seminude al *Saudek*. Facce smunte di zombie della techno che si fondono in pista. Facce sfatte di zombie atomici della SiderVezzani, che fondono lamiere radioattive di *tank* serbi. E muoiono a trent'anni.

– Tranne, forse, a lei, ispettore. A proposito, ma perché s'è tanto appassionato al caso di questa poveretta?

– Magari per un senso di *giustizia per chiunque*. Non so se l'espressione le dice qualcosa...

– Certo che no: io sono un mostro, che ne so della giustizia? Quella è una sua proprietà, no? – lo provocò il manager atomico.

Facce latine di viados grotteschi in parata. Facce con le occhiaie di poliziotti spenti, rassegnati a quell'ottanta percento di crimini impuniti che si trascinano sulla schiena di giorno in giorno. Facce inespressive di bugie sentite e risentite negli interrogatori, finché passa anche la voglia di smontarle.

Smisero di guardarsi negli occhi.

Facce fredde di un freddo terminale.

– La conosceva, aveva deciso di redimerla? Oppure le piaceva e basta?

Arturo rimase immobile, muto e rigido, a denti stretti. La sua mente stretta nella morsa del freddo e dell'odio cominciava a proiettargli a scatti altre foto viste in quei libri d'arte: corpi mutilati, teste mozzate, cadaveri all'obitorio. Immagini viste tante volte nella sua vita, ma mai legate a un'idea di *arte*.

Aveva addosso un'espressione di morte che avrebbe terrorizzato anche i suoi colleghi. Anche l'intoccabile Vezzani, se l'avesse guardato in faccia.

Ma lui non lo guardò. Perché aveva già vinto e la questione, per quanto lo riguardava, era chiusa.

Quindi non vide l'impercettibile, finale mutazione che trasformò un uomo indurito in una *bestiamara*.

– Non mi dica che la conosceva! Ci aveva provato ed era geloso perché l'aveva rifiutato, è così?

Vezzani prese le chiavi della Smart e fece per andarsene.

Arturo afferrò qualcosa nella cartella di cuoio.

– No, non te lo dico.

Si voltò di scatto verso Vezzani.

Il machete guizzò nell'aria per un nanosecondo e s'abbatté sul suo collo.

La testa cadde a terra come un ananas maturo. Il corpo la seguì dopo alcuni mostruosi secondi, sprizzando una fontana di sangue scuro a fiotti, che cominciò a spandersi sull'asfalto come un'infezione.

Arturo rimase a guardarlo per quasi un minuto, immobile e malinconico, le braccia lungo i fianchi, il machete insanguinato nella mano destra.

Poi cominciò a guadare la zuppa di nebbia in direzione di un residuato prebellico di cabina telefonica. Stupito di trovarsi degli spiccioli in tasca, compose il numero di Andrea Fermento, caposervizio della *nera*.

– Andrea, sei tu? Ciao, sono Arturo. Sì, è un'ora di merda ma ho un'anteprima, se la vuoi. Peccato che il numero di domani sarà già nei furgoni... sì, è vero, è già il numero *di oggi*. – Sorrise.

– Sapevi della ragazza ungherese che abbiamo trovato affettata nel cassonetto l'altra notte, vero? No, non abbiamo ancora arrestato nessuno ma abbiamo trovato un altro corpo smembrato. No, non una donna, era il principale indiziato. Si chiamava Mattia Vezzani, titolare della SiderVezzani. Io l'avevo già indagato mesi fa per presunto riciclaggio di scorie tossiche. Pare che nelle sue officine ci fosse una morìa sul lavoro dieci volte superiore alla media nazionale, credo che acquistasse sottocosto lamiere dei tank jugoslavi colpiti da proiettili all'uranio impoverito, ricordi la faccenda della Terza Guerra Balcanica? Senti, è tardi e te la faccio breve: è qui di fronte al *Saudek*, decapitato da un machete. Non so ancora niente, Andrea: la Scientifica arriverà tra dieci minuti, ma se hai lì un fotografo sei l'unico che avrà una foto del cadavere per domani. E il bello non te l'ho ancora detto: l'imprenditore era un artista erotico a tempo perso, abbiamo trovato il suo laboratorio fotografico pieno di foto di ragazze con cui si dilettava a riprodurre le immagini dei grandi della fotografia a tinte forti. E c'era anche una foto della ungherese ammazzata, in condizioni simili a come l'abbiamo ritrovata noi: capelli rasati a zero e braccia nascoste. O tagliate. Forte, eh? Una bella 'storia cannibale'... non lo so se riesco a farti avere *anche quella* foto, le sue le abbiamo già agli atti, devo stare attento... Mandami lì uno domani, così vediamo cosa si può fare. Non posso farmi spellare per avertela data io, capisci? Certo che l'ho trovato io, l'avevo lasciato proprio oggi al *Saudek*, ma mi sono accorto che aveva dimenticato le chiavi della Smart. Quando stasera gliele ho riportate ho scoperto il cadavere. E chi lo sa da dove veniva il machete? Finora l'arma con cui hanno ammazzato la ragazza non s'era trovata. Mah, secondo me l'aveva uccisa lui per fare qualche festino del cazzo e qualcuno della mafia slava gliel'ha fatta pagare, la prima impressione è questa, ma tu aspetta a scriverlo. Sì, ci sentiamo domani, figurati, ciao.

Poi Arturo compose il numero del commissariato e segnalò il ritrovamento del cadavere.

Accanto al cadavere, gettò nel lago di sangue un pacchetto di sigarette ceche accartocciato. Abbandonò poco distante il machete e un accendino con su la stella dell'Armata Rossa, bottino di un recente viaggio a Praga, ripulito dalle sue impronte. Quindi tornò alla Croma e si sedette ad aspettare l'arrivo dell'ambulanza, della Scientifica, del fotografo di cronaca e di tutto il solito circo.

– Adesso avete *visibilità* tutti e due, stronzo: prima di cronaca domani e, se riesco a far uscire in qualche modo le tue foto, si va pure in nazionale – rimuginò amaro. – *Una bella mostra, sì, spero presto...*

Sentiva un freddo profondo, al livello del midollo spinale. Ma sentiva anche su di sé gli sguardi riconoscenti degli *zombie atomici* di Vezzani, benché la traversa di corso Sempione fosse sempre un deserto lunare.

D'un tratto si scoprì a canticchiare una canzone che aveva sentito martellare dallo stereo di suo figlio: – *Non si esce vivi dagli anni '80, non si esce vivi dagli anni '80, non si esce vivi dagli anni '80...*

Ponti

di Roberto Bommarito

Quando mi trasferii a Malta il ponte si poteva già intravedere all'orizzonte, una macchia grigia che sarebbe anche potuta essere una nave, una grossa nave. Una petroliera, una superportaerei, la *Costa Crociere* con piscina, campo da tennis e belle gnocche in bikini arrostite dal sole feroce d'agosto. Invece era un ponte. Un ponte che potevi vedere dal lungomare di Sliema farsi ogni settimana più grande, più vicino, insomma un po' più vero.

– Quando arriverà, questo sarà il paradiso.

Forse ognuno ha il paradiso che si merita, proprio come per l'inferno. Mia madre raccontava balle, a volte. *Sarà il paradiso* era una di queste.

Avevo dieci anni.

Sono pochi.

Troppo pochi per diffidare davvero dei tuoi genitori. Incominci a farlo solo quando iniziano a spuntarti i primi peli sotto il naso e te ne vergogni perché ti fanno sembrare Adolf Hitler. I compagni di classe te lo dicono proprio che gli somigli. – *Qiesu Hitler!* – ti prendono per il culo, la faccia gonfia come un puntino saturo di pus pronto a scoppiare – e quelli tutto d'un tratto non ti mancano nemmeno – e lo fanno. Scoppiano in una bella risata. Anzi sarebbe meglio dire una brutta risata, proprio brutta.

Il cortiletto della scuola era circondato da un muro di pietre, rettangoli gialli coi bordi anneriti da umidità e smog, incastrati uno sopra l'altro. Così a Malta si costruivano scuole, case e palazzi. I mattoni bruni non esistevano, né tanto meno i tetti spioventi. Le nostre uniformi scolastiche erano gialle anche quelle, con le strisce celesti che correvano sui fianchi. A Malta tutto ciò che non è giallo è blu.

Qiesu in maltese vuol dire *sembra*. Il maltese l'avevo imparato. Il coraggio un po' meno, così mangiavo invece di controbattere, mandavo giù *pastizzi* in quantità industriale (quelli alla ricotta, gli altri ai piselli non mi piacevano per niente), per sentire il cibo in gola invece delle lacrime soffocate.

Per come la vedo io, è una questione di tempo scandito da ciò che accade. Per esempio, inizi a diffidare dei tuoi genitori. Domandi: – Perché non posso fare questa cosa? – e loro rispondono: – Perché no. –

Bella risposta del cazzo, dico io. Mica c'è da stupirsi se perdi fiducia in chi ti ha messo al mondo, specie se è capace di spiegarsi con l'abilità di un bambino all'asilo nido: no perché no. Perdi fiducia nei tuoi genitori e al contempo nei tuoi amici stronzi. Segue subito dopo quella in Dio, dato che *sì perché sì* suona sensato tanto quanto *no perché no*. E infine – ed è questo che ti frega davvero – inizi a diffidare di te stesso. Gli insegnanti prendono a chiamarti *introverso* e il resto del mondo *strano*. La mia adolescenza fu scandita dalla diffidenza.

Ero circondato dappertutto da muri gialli, ma non ero protetto. Erano passati ben otto anni dal primo giorno in cui misi piede sull'isola, il ponte era arrivato qualche mese dopo e il paradiso che mi aveva promesso mia madre da piccolo si era rivelato essere una presa per i fondelli bella e buona. Malta era legata al mondo, parte di esso. Eppure stavo male.

Io, compiuti i diciotto anni, ero separato da tutti.

Ero assai solo.

E il mare che cingeva l'isola, a quei tempi era ancora blu.

– I ponti non si fermeranno. – Detestavo quando diceva queste cose. Era un bel nome il suo, Amanda, ed era anche carina. A volte diventava addirittura bella, specialmente nei momenti più inaspettati. Le piacevo. Non saprei dire perché, o forse la ragione era appunto che ero strano. Fino a quel momento non avevo avuto a che fare con molte ragazze proprio per quel motivo. Essere desiderati per la stessa ragione per cui di solito venivo ignorato mi confondeva.

Provai a cambiare discorso. – Smettila di dire cazzate.

– E se non lo fossero affatto, cazzate?

– Non m'importa.

In Francia si diceva che il nuovo ponte sulla Senna stesse iniziando a fare cose strane e non era il solo. – Cosa farai quando sarà troppo tardi?

Tutta nuda, sdraiata supina di fianco a me, il seno che quando si sdraiava prendeva quella bella forma tonda che sembrava disegnata dal compasso, Amanda sospirò. Era come se attraverso il tetto vedesse il futuro che la spaventava. – Mi ascolti?

Ma il mio sguardo vagava altrove. Dalla finestra vedevo La Valletta, le sue mura costruite dai Cavalieri tanti secoli prima per proteggersi dai guai. Coni di luce gialli li illuminavano. Luce gialla su pietra gialla. Le fortificazioni non si alzavano ad angolo retto. Erano invece leggermente inclinate, come se qualcuno le spingesse da dietro e loro cercassero di opporre resistenza per non cadere. Come se il futuro volesse annichilirle, cancellando il passato, facendolo scomparire per sempre sotto la superficie del mare. Amanda si tirò sui gomiti, creando due piccoli crateri nel materasso. – Ma mi ascolti?

A lei interessavano i ponti, a me le mura.

Ai tempi delle croci sui mantelli, dei turbanti e dell'olio bollente rovesciato sugli invasori, i popoli dividevano invece di unire. Volevano che le terre fossero isolate, sole, ma adesso i tempi erano cambiati. Il ponte inquinava l'orizzonte. Era un intruso, il dorso di una biscia percorso da puntini bianchi provenienti dalla Sicilia e altri rossi che si allontanavo da quest'isola che isola non era più, o per lo meno lo era solo sulle mappe geografiche. Forse anche Amanda era un'intrusa. Diceva che non ce la faceva più. Quando non facevamo sesso, litigavamo.

– *Hudu f'sormok!* – Balzò fuori dal letto, raccolse mutandine e reggiseno dal pavimento e si chiuse in bagno. L'acqua scorreva forte. Guardavo quelle mura e mi domandavo come potessero coesistere con il ponte.

Sormok, in maltese, significa *culo*. Per *hudu* non credo ci sia bisogno di traduzioni.

Quando uscì dal bagno, non mi rivolse la parola. Era stupenda. Avrei voluto dirglielo ma farlo in quel momento sarebbe suonato come una bugia, un tentativo infantile di farmi perdonare. I suoi passi scandivano il tempo, mentre si allontanava. I piedi nudi sul pavimento della camera da letto a ogni passo mi dicevano: "Se vuoi che rimanga, mostrami che mi vuoi". I tacchi su quello della cucina. "Ti prego fermami, non farmi andare via". Sulle scale. "Addio".

Qualche anno dopo l'addio di Amanda, il mare smise di essere blu. Non rispecchiava più il cielo. Non poteva.

Mia madre era seduta di fronte a me. Le rughe sul suo volto erano tante. Ultimamente sembravano moltiplicarsi ogni giorno di più. I suoi occhi erano densi e appannati ma mi riconoscevano, anche se vedevano un uomo nei giorni fortunati, un bambino in quelli peggiori, quando ripeteva frasi come: – Questo sarà il paradiso.

Il suo tempo, al contrario del mio, non era più scandito da nulla. Non si muoveva più. Era semplicemente lì. E lei non faceva altro che saltarci dentro e fuori.

Era convinta che fossimo di nuovo sul lungomare di Sliema, le mani appoggiate al ferro verde con davanti a noi l'orizzonte e quella macchia grigia: il primo ponte che ci veniva incontro, carico di promesse. Forse mia madre ci aveva creduto davvero a quelle storie, a quel paradiso. Il fatto è che io lì per lì ci credetti pure. Mi leccavo le dita arancioni, sporche di *Twistees*, guardando il ponte in lontananza. E credevo davvero che con il suo arrivo mio padre avrebbe trovato un lavoro a Malta, ci saremmo trasferiti in un appartamento senza blatte e tutto sarebbe stato bello. Ce n'eravamo andati da Siracusa per trovare qualcosa di meglio, dopotutto. In realtà avevamo trovato solo altra miseria.

I nuovi ponti che si costruivano da soli erano sfuggiti al controllo prima in alcune zone della Francia, crescendo oltremisura, poi nel resto del mondo. All'inizio si trattava solo di pochi metri al giorno. Poi di tre, quattro, cinque metri all'ora. Crescevano più velocemente di quanto non si riuscisse ad abbatterli. Si incrociavano, moltiplicandosi. Tessevano reti sempre più strette sulle nostre teste fino a coprire il cielo. Amanda aveva avuto ragione.

Cosa farai quando sarà troppo tardi?

L'infermiere, un tizio magro che sembrava dieci centimetri più alto di quanto non fosse, con gli occhi stanchi, mi mise una mano pesante sulla spalla. Le dita erano bianche, attraversate da sottili venature bluastre, come di una statua di marmo. Bianchi lo eravamo tutti, privati del sole. Gli spiragli di luce fra i ponti diminuivano di giorno in giorno. Anche il giallo era sparito dall'isola: tutto era inglobato dall'ombra. – Sono le 6 passate. – Gli feci cenno di sì con la testa: l'orario delle visite era scaduto. Mi chinai verso mia madre che continuava a guardarmi come aveva fatto quel giorno fissando il ponte. Si aspettava da me qualcosa. Era giunto il mio turno di consolarla, di mentirle.

– Sì, quando il ponte arriverà – le feci eco, – Malta sarà il paradiso.

Un dannato paradiso senza luce.

BloodBusters

di Francesco Verso

1. Caccia all'evasore

– Pronto, Alan? Sono Ilario, devi venire subito…

– Hai fatto qualche casino?

– Senti, non prenderla male… Questa tipa non è *prelevabile*. Se le cavo un'altra goccia di sangue, l'ammazzo.

Mi chiamo Alan Costa e gestisco una squadra di esattori ematici, detti BloodBusters, che lavorano come flebotomisti per conto della Ematogen, un'azienda di proprietà di Emory Szilagyi. Gli affari vanno bene, nel senso che ogni mese riesco a pagare le rate del mutuo senza che nessuno venga a succhiarmi il mio di sangue.

– Cazzo, Ilario… dove siete?

– L'abbiamo beccata a casa di un amico. Lui è scappato ma lei no perché era intubata. Stiamo in via Ignazio Silone 107, quinto piano, al Laurentino. Presto, Alan… qua si mette male.

Quando arrivo sulla scena del prelievo trovo Ilario e Farid, pieni di schizzi di sangue e altri liquidi, che gozzovigliano come due *zanzare* dopo un lauto pasto.

– Oh, eccoti, fratello. Hai la faccia di uno che ha dormito da schifo…

– Merito tuo, *fratello*. Forza, dov'è e come si chiama?

Ilario si pulisce le mani sui calzoni e indica la stanza di fronte. Le mie narici fremono.

– Anissa Malesano, trentasette anni. Fa l'illustratrice.

Sento odore di sangue e pelle nell'aria. Per l'esattezza, si tratta di pelle bucherellata.

Infilo un paio di guanti chirurgici.

– Ora è tranquilla, ma la dovevi vedere prima… Un osso duro.

Il ciuffo di capelli in testa a Ilario pare un cappello ridicolo. Farid, da dietro le sopracciglia spesse un dito, si scrosta le unghie con l'ago di una siringa.

– Giocaci tu con gli ossi. Che mi hai chiamato a fare, sennò?

Tutte queste schiappe che Emory mi rifila… non prendono niente sul serio. Per fortuna sono anche quelli che spariscono prima, che non resistono neppure un mese. Certi mollano addirittura dopo tre giorni di *tassazione*. Però Ilario ci sa fare; se lo vedeste in azione, vi colpirebbe per i mille trucchi con cui distrae un evasore, lo alliscia con una chiacchiera e lo adula con memorie calcistiche; qualsiasi stronzata pur di fargli abbassare le difese. Con questa Anissa deve aver fatto cilecca.

Ci sono impronte di sangue sparse dappertutto. Alcune provette infrante giacciono sul pavimento insieme a batuffoli di ovatta, garze imbevute di disinfettante, aghi a farfalla, siringhe monouso storte, pipette graduate, pungidito, sondini e adattatori Luer: considerate tutto l'armamentario del provetto BloodBuster.

– Perché quella faccia, Alan? Che sei allergico alle fiche?

– Sta' zitto e guarda che macello avete combinato tu e quell'altro dal buco facile...

Lei è mezza tramortita, le palme rivolte in alto. Dei bendaggi le pendono dai polsi e le strusciano fino ai calcagni.

– Magari ti piglia così, prima fai il duro e poi ti viene fifa di essere preso per il culo. Con Farid dicevamo che...

– Ti ho detto di non fiatare. Stai correndo e noi non corriamo. Siamo cacciatori di sangue evaso, non medici da strapazzo.

Questa Anissa tiene le braccia aperte come una vergine sacrificale: la sua carne ha la stessa consistenza della gomma su cui sono visibili i segni delle ditate di Ilario e Farid.

– Quanto ne dovevate aspirare?

Mi mostra l'ingiunzione e le provette che è riuscito a conservare.

– È un evasore totale. Ha fatto una resistenza... che manco se la stavamo stuprando.

Anissa indossa una tuta senza maniche di spugna verde da cui escono un paio di braccia solcate da strisce viola e cerchi blu, una specie di decorazione ematica autoinflitta.

– Quelli non sono buchi *nostri*. Avete controllato gli ugelli d'ingresso prima di prelevare?

Farid si affaccia dalla porta. Gli *ugelli*, per lui, sono roba che vola con le ali. Ilario però ha capito il pericolo che stiamo correndo.

– Pezzi di idioti... E la cartella *ematoriale*? Scommettiamo che è una 0 RH negativo?

Ilario fruga tra i documenti e fa scena muta.

– Dici che se la fa con i Robin Blood?

– Esatto... viso pallido, sangue paglierino. È una che lo dona il sangue, per questo non ne aveva più per l'Erario.

Le strappo dalla bocca il nastro adesivo con cui i miei compari l'hanno fatta tacere. Poi le allento il laccio emostatico strizzato attorno al collo. Le vene cubitali sono collassate per mancanza di pressione sanguigna, quelle dei piedi sono un estuario in secca. Anissa Malesano ci ascolta e arriccia le labbra in tono beffardo. Dalla finestra, vedo il G.R.A. in lontananza e qualcosa mi dice di stare in guardia. Poi, sento un tonfo e capisco di non avere scelta.

– Via dalla finestra!

Faccio in tempo a gridare e una palla di neve da dieci chili manda il vetro in frantumi.

Che cazzo si sono inventati? La neve a Roma in pieno giugno?

Spingo Ilario fuori della stanza, mentre un'ombra atterra sul pavimento. Una sagoma in tenuta paramilitare prende Anissa di peso, se la mette in spalla e salta sul cornicione.

Allora mi affaccio dallo stipite.

– Ferma! Stai sottraendo un evasore alla Legge!

– 'Fanculo la Legge. Preleva questo.

Quella che mi alza il dito medio in faccia è una donna massiccia, una specie di Brunilde scandinava. Porta i capelli legati in tante trecce d'oro e ha uno sguardo che *buca* più di un ago da venti gauge.

– Robin Blood vi porge i suoi saluti...

E butta una fiala per terra che emette una nuvola azzurrina e una puzza nauseante. È sangue venoso e marcio, sangue di evasore ematico.

Con un attrezzo, Brunilde spara un chiodo da rampicata nella parete esterna del palazzo e si getta nel vuoto. Si srotola dal nastro che le cinge la vita e atterra sulla strada insieme ad Anissa. Lì, un camioncino con un cannone spara-palle caricato sul retro, le attende con la portiera aperta.

La vita del BloodBuster non è esattamente una "pacchia".

2. Una trasfusione di vita

Il giorno dopo, a bordo della *taxbulance*, verifico lo stato dei prelievi.

La cella frigorifera è sotto carica e se in strada ci sono 37°, in auto le sacche si mantengono a 4°. Varrebbe la pena dormire sul sedile, invece che nell'appartamento in cima al Silos Aureliano: pochi metri quadri di differenza mi costano novecento euro al mese per centosessanta rate.

Disposte in verticale, le emodosi vanno conservate con cura per impedire la formazione di schiuma, bolle d'aria o emolisi. Con queste precauzioni, il sangue dei contribuenti si conserva fino a sessanta giorni, non come ai tempi miei quando al fronte si rischiava di morire per una ferita. Certi commilitoni dicevano che era la morte migliore, quella per dissanguamento, perché uno sveniva e non sentiva più niente. Io non lo so. E neppure loro. Io sono stato salvato appena in tempo.

Fuori dal Silos, prendo l'Aurelia fino a piazza Irnerio e poi l'Olimpica, dove cominciano le code. Il traffico, immobile e formicolante, mi fa tornare alla mente quando strisciavo, uguale, per fare meno di un chilometro. Anche allora indossavo un'uniforme, ma invece di *prelevare* dovevo *piazzare* mine in campo avverso. Che mi avrebbero assegnato quel compito, non lo potevo sapere quando ho falsificato i documenti dandomi un paio di anni in più per entrare nell'esercito. Appena finito l'Istituto Tecnico, non avevo idea di dove andare a sbattere la testa. Quindi ho fatto il *minatore*, nel senso più brutto del termine. Nel senso che dovevo seppellire mine sotto uno strato di terra affinché fossero invisibili. Affinché *loro* fossero invisibili, mentre noi restavamo spendibili. Questo non si diceva in giro: non era umanitario. Era un'attività di delimitazione del territorio, seppure il territorio non fosse nostro. Già in quattro erano *andati* prima di me, andati e mai più tornati. Solo Marzio ce l'aveva fatta, lasciando le gambe in pegno.

E invece del fresco che mi godo nella taxbulance, allora sudavo, sudavo nell'imbottitura, sotto la maglietta, dentro le mutande e nei calzini. Anche il sangue, sotto un sole rovente, pareva sudare nelle vene.

Per farla breve, quando sono arrivato nel luogo prescelto, mi sono accorto di avere sete. Una sete meschina, da non capire più niente; non bevevo dall'alba, sei ore prima. E la sete non è qualcosa che puoi controllare. La sete ti tormenta più della fame, ti divora il cervello, ti porta dritto al delirio. Ricordo le scale della moschea, sotto il minareto sventrato da acini esplosivi. Sul terzo scalino era visibile la sagoma di una bottiglia. Una bottiglietta di plastica che forse era solo un effetto allucinatorio prodotto dalla disidratazione.

Ho controllato il perimetro. In quei momenti l'acqua vale tanto quanto il sangue. Né si può fare a meno di entrambi senza risentirne in battaglia. Così sono strisciato e mi sono allungato fino alla bottiglia che qualcuno doveva aver dimenticato lì. Purtroppo, quel qualcuno se n'è ricordato nell'istante in cui mi sono versato l'acqua in gola. Il giubbotto antiproiettile ha fatto *puf* all'altezza dello sterno. Un altro *puf* si è gonfiato sulla gamba destra. Ho lasciato andare la bottiglia che è caduta, restando in piedi. Avevo avuto l'acqua, ma perdevo sangue.

Non c'era tempo di chiedersi se quella bottiglia fosse una banale trappola oppure uno scherzo del destino. Sapevo solo che se la ferita avesse raggiunto l'arteria femorale mi sarebbero rimasti tre minuti. Questo lo sapevo perché è stato Emory a insegnarmi tutto. È stato lui a rendermi un BloodBuster.

Nei pressi di Ponte Bianco, scendo la rampa che immette sulla Portuense e poi nel deposito della Ematogen, ricavato da un padiglione dell'Ospedale San Camillo. Parcheggio la *taxbulance* in uno spiazzo pieno di veicoli uguali al mio e scendo con il contenitore per il traspor-to di sangue in mano. In dotazione, abbiamo il modello MT67F, un gioiellino in polietilene che, vuoto, pesa 600 gr e può conservare fino a ventiquattro emodosi da 450 ml per più di centoventi ore.

Il vecchio Marzio Poleni, detto Gladio, con una mano tra la barba, adocchia il mio tesoro liquido. I BloodBusters che guida lui, non si fanno problemi a spacciare sangue animale per umano e quando Emory li becca le urla si sentono fino ai Colli Portuensi.

Io preferisco ingaggiare degli spioni per avere le soffiate migliori.

La figura curva di Emory Szilagyi si staglia contro il cancello e mi acco-glie nel Quartier Generale della Ematogen che poi è il retro dell'Agenzia dei Prelievi. Indossa la stessa mimetica di quando combatteva, con la differenza che questa guerra non è militare, è commerciale.

Erano trascorsi due minuti dal mio ferimento, quando la canna infuo-cata di un fucile si è infilata nella mia narice destra. Ho respirato velo-ce. E più il cuore pompava sangue e più ne versavo in terra. All'altro capo della canna c'era una ragazzina di dodici, tredici anni, con un velo davanti alla bocca. La canna odorava di legno e cuoio; doveva farne mille usi durante il giorno.

Lei ha afferrato la bottiglietta e, per pudore, si è voltata dall'altra parte, si è sollevata il velo e ha bevuto. È crollata anche lei all'istante, colpita da un proiettile tra le scapole.

Ho sentito il motore di una Jeep e poi l'ombra di Emory è calata su di me, portandomi in salvo.

– Come è andata, Alan?

Il suo naso gobbuto lo fa somigliare a una gargolla, un mostro che si diverte a scrutare il panorama dall'alto di un'oscura ragione di esistere: ogni goccia di sangue, infatti, va consegnata a Emory che l'aspetta voglioso, sfregandosi le mani. Io, da bravo esattore, fungo da suo vas-sallo e gli rovescio il bottino di guerra, un tributo di plasma e sangue, sul bancone del deposito per staccare una rata del mutuo di casa.

– Abbiamo riscosso il 95% dei tributi. In un caso abbiamo incontrato difficoltà.

– Che difficoltà?

– Anissa Malesano, evasore per omessa dichiarazione. Ci è scappata per colpa dei Robin Blood.

Emory mi fissa in silenzio. Conosco quell'aria di commiserazione, l'at-teggiamento di chi non sa come spiegarsi un fallimento, anche minimo.

– Fammi vedere la cartella.

Letto il referto, Emory palpa le sacche e ne soppesa una a caso. Poi controlla che non ci siano grumi, bolle o altre impurità.

Lui ha assistito al mio ferimento ed è intervenuto solo quando il bersaglio si è esposto. Non gli ho mai chiesto se avrebbe rischiato se stesso per salvarmi. Né gli ho chiesto cosa sarebbe successo se la ragazzina fosse rimasta nel suo nascondiglio. E neppure mi sono azzardato a domandargli se ha capito la cazzata che ho fatto con la bottiglietta.

Una volta sulla Jeep, Emory mi ha somministrato un'unità di trattamento Arteriocyte 0 negativo a cui ne sono seguite altre tre. Come allora, anche adesso lui provvede alla mia sopravvivenza pagandomi ogni consegna andata a buon fine.

– La tasse, caro Alan, sono come Dio… Solo quando un evasore viene preso e punito, può essere salvato. Cenere alla cenere, sangue al sangue.

Aperta una sacca, Emory ci infila un dito dentro e assaggia. Il sapore deve essere metallico, ricco di emoglobina. Le cellule ematiche artificiali funzionano come i globuli rossi, eppure non sono sangue vero e quindi non vanno bene per le barrette di Ematogen.

Emory non lo freghi: da vero sommelier sa riconoscere ogni gruppo sanguigno dal sapore. C'è chi dice che riesca a vedere oltre, perché il sangue è un fluido alchemico che contiene dati sensibili. I ragazzi lo chiamano affettuosamente *EmoGoblin*.

– Mi serve un'ingiunzione del Procuratore.

– L'avrai. I Robin Blood non possono interferire. Quando uno spacca il vetro di una finestra e si rende conto che nessuno verrà a ripararla, si sentirà giustificato a spaccare tutti gli altri.

Durante la convalescenza, Emory ha trascorso molto tempo al mio capezzale e mi ha spiegato i dettagli del piano. All'epoca aveva dei contatti nell'esercito e doveva solo allargarsi dal Ministero della Difesa a quello delle Finanze.

Mi ha detto che da piccolo, per curare una mancanza di ferro, sua madre Natasha, un'esule russa nella DDR, gli comprava le barrette di Ferrogematogen, un preparato medico che veniva prodotto dal sangue di animali uccisi con l'aggiunta di sciroppo di zucchero. In Unione Sovietica si usava per curare l'anemia. Sua madre se lo faceva portare clandestinamente da certi amici che gestivano un commercio di pellame tra Istanbul, Dresda e Saratov. Ai bambini il preparato veniva venduto anche in forma liquida come latte concentrato e arricchito con acido ascorbico e miele.

Emory mi ha confessato che ne andava matto.

Al fronte, il suo compito consisteva nel recuperare i feriti e portare un primo soccorso. In mezzo a tutto quel sangue, si è reso conto del suo valore. Emory mi ha spiegato che lo Stato, in tempo di guerra, ha la facoltà di confiscare il sangue della popolazione visto che i soggetti non patiscono nessuna lesione, né danno permanente, sempre che il prelievo venga eseguito bene e nel dosaggio adeguato. Lo stesso vale per il latte materno e lo sperma, laddove sussistano ragioni di benessere sociale generale.

Quando il Ministero delle Finanze ha indetto il primo bando di gara per la concessione delle licenze di riscossione ematica, Emory era in prima fila. Certi suoi soci erano intenzionati a investire nel progetto. Il sangue artificiale era troppo caro da produrre su larga scala e la sua commercializzazione rappresentava un bel rischio finanziario. Al contrario, la domanda di emoderivati era in crescita: l'innalzamento dell'età media della popolazione contribuiva a far lievitare le spese mediche; il numero di incidenti stradali si succhiava migliaia di emodosi al mese e gli interventi di chirurgia plastica richiedevano anche loro dosi abbondanti di sangue fresco, senza contare i trapianti di organi e i pazienti oncologici.

Mio padre ne sa qualcosa e io pure, di riflesso. Per ammetterlo come paziente, al Sant'Andrea hanno preteso in anticipo tanto del mio sangue quanto ne avrebbero utilizzato per l'intervento di asportazione della sua cisti.

Comunque, la maggioranza della gente era orgogliosa di pagare le tasse e contribuire alla salute pubblica. "Chi froda il fisco, deve pagarne le conseguenze", dicevano i più onesti. Soprattutto i poveracci del pubblico impiego erano i più accesi sostenitori del nuovo corso ematoriale: un senso di rivalsa animava i loro discorsi. I dipendenti privati che si barcamenavano tra mille imposte, avevano trovato un senso, logico e pratico, in questa forma di tassazione. I datori di lavoro, per una volta, hanno taciuto e si sono adattati.

Poi, si è diffusa la paura degli accertamenti e la pratica dei versamenti rateali con obbligo di garanzia, mentre contemporaneamente è cresciuto il numero di quelli che ricorrevano a un sostituto d'imposta per evitare i prelievi più cospicui.

Mettetela come vi pare, gli evasori esisteranno sempre. Per questo ci sono i BloodBusters.

Emory prende il cellulare, compone un numero e parlotta per qualche istante.

– La tua ingiunzione è in arrivo. Datti da fare.

Non ci crederete, ma c'è gente che dichiara di avere persone anemiche a carico pur di usufruire delle detrazioni fiscali. E c'è pure chi è convinto che Bobby, Fuffy o Lalla possano essere detraibili dalla dichiarazione ematoriale.

3. Bloody Thursday

Suono il campanello di Anissa Malesano. Il suo domicilio è al Torrino, in una villetta bifamiliare. In mancanza di risposta, sono autorizzato ad accertarmi dell'assenza del contribuente. Scavalco il cancello e supero il giardino. Spio in salotto dalla vetrata sul fronte; giro sul retro e non vedo nessuno. Sono costretto a forzare una finestra e a introdurmi in casa.

Il piano terra è deserto. In cucina, la caffettiera tiepida, mi suggerisce che qualcosa non torna.

Le mucose nasali mi trasmettono odore di sangue. Come i barbigli di squalo rilevano una parte per milione di sangue nell'acqua, così i recettori olfattivi che Emory mi ha fatto impiantare nel dotto nasale fanno lo stesso con l'aria. Annuso il corridoio fino in fondo.

– Ho un'ingiunzione per Anissa Malesano, c'è nessuno?

Salgo le scale e apro ogni porta. Questo è l'aspetto sgradevole dell'essere un BloodBuster, come se non bastasse ficcare il naso fin dentro le vene della gente.

Quando entro nell'ultima camera, la trovo stesa sul letto, gli occhi fissi sul soffitto e un ago infilato nel collo. Alle pareti sono appese delle illustrazioni: BloodBusters che subiscono prelievi coatti e Robin Blood che eseguono riti di donazione di massa.

Anissa è immobile e dissanguata. La sacca riversa sul fianco è piena e il sangue in eccesso le scorre lungo il braccio e, dall'incavo del gomito, sgocciola sul pavimento. Avrei voluto parlarle, non certo sedurla, visto che una come lei, seguace di Robin Blood, non potrebbe mai innamorarsi di un BloodBuster. Al massimo avrei potuto illuderla di cambiarmi, di farmi smettere.

Appena finito di tamponarle il collo e ripulirla alla meno peggio, sento un rumore di passi al piano di sotto. Il rumore sale le scale e compare alla porta della camera.

– Mamma, ci sei?

Un ragazzino di tredici o quattordici anni con l'iPod in mano e gli auricolari nascosti sotto i capelli lunghi, si lascia cadere lo zaino dalle mani.

– E tu chi sei?

– Alan Costa, Agenzia dei Prelievi. Ho un appuntamento con tua madre.

Sul suo volto divampa un rossore acceso e rabbioso.

– L'avevo detto io che era presto. Era così pallida stamattina. Che sta morendo?

È sul punto di mettersi a piangere. Io sollevo le gambe di Anissa su un cuscino.

– No, ha solo perso i sensi. È svenuta perché *dà troppo* di se stessa agli altri.

Lui mi folgora e si strofina le mani sui jeans.

– Anche io voglio un po' di lei, ma sta sempre con un ago ficcato da qualche parte. Quei fori... quei buchi là, lei li chiama "i buchi della felicità".

Non deve essere facile avere una madre così, una che quando le cala l'adrenalina di una donazione compiuta, le sale la paranoia che qualcuno starà morendo da un'altra parte.

– Vammi a prendere un bicchiere d'acqua e zucchero e la svegliamo...

Anissa è seduta accanto a me in un *sushi bar* dell'EUR. Con quello che si è aspirata, che abbia accettato l'invito a parlare della sua *trasfusione* in privato, senza il figlio tra i piedi.

– Come hai detto che ti chiami?

– Alan Costa.

– Be'... grazie per prima, Alan.

– È il mio lavoro, dovere.

– No, voglio dire... Ho apprezzato come hai gestito la situazione con Nicola.

– Ah, il ragazzo era spaventato, credeva ci fossi rimasta secca.

Il trucco è semplice: si tratta di stabilire una relazione partendo da un punto molto basso e poi imbastire l'illusione del cambiamento. Si tratta di mostrarle prima i sintomi della malattia e poi convincerla di essere *lei* la cura.

– Nicola è un problema. Non approva quello che faccio.

Neppure io approvo la donazione indiscriminata, anche se per motivi diversi. È tutto gettito che se ne ritorna nelle vene di qualcun altro, *esentasse*.

– Voialtri Robin Blood private Roma di risorse, ostacolate la raccolta di sangue e rischiate di diffondere epidemie. E poi quelle zanzare mannare che usate per succhiare il sangue ai poveri contribuenti mentre dormono, sono davvero diaboliche...

– Senti, non venirmi a parlare *tu* di mezzi poco ortodossi.

Anissa si solleva la gonna fino alle cosce e mi mostra lo spettacolo dei suoi ematomi dopo il trattamento "Ilario-Farid".

– Stavano lavorando... Tu, piuttosto, opponevi una resistenza punibile con la reclusione. Sai che rischi il carcere?

Lei ha l'aria di chi se ne frega.

– Ma che mestiere è il vostro? Te lo sei mai chiesto?

Attirare la sua attenzione perché faccio parte dei *cattivi* è meglio che essere ignorato. E l'odio si converte in amore molto meglio e molto prima dell'indifferenza.

– Non ho i soldi per farmi certe domande.

Ordino una birra, mentre lei prende un Bloody Mary per reintegrare le vitamine.

– Una *pinta* di sangue può salvare la vita a tre persone.

Ecco che va in scena il mio imbroglio: un sentiero lastricato di utili menzogne. Ma aspetto e la lascio sfogare.

– Di' un po', quanti ne hai svuotati? Quanti evasori hai intubato fino a ridurli all'incoscienza? Non pensi che possa succedere anche a te un giorno?

– E tu chi sei per parlare di farsi *svuotare*? Tu il sangue lo dai via, gratis.

– Stammi a sentire, se questo mondo dà così tanta importanza al sangue, allora voi non siete altro che croste e i vostri capi sono pus.

Quella appena servita dalle labbra esangui di Anissa – in estrema sintesi – è la filosofia dei Robin Blood.

Sprizza ostilità eppure il suo pallore malaticcio è sensuale, come guardare la morte in faccia e lasciarsi avvolgere da quell'aria da fine del mondo annunciata.

– Tornerò a riscuotere appena ti sarai rimessa. La tua aliquota è bassa per cui non ti conviene fare la furba... Al terzo richiamo, sono autorizzato a trattenerti.

Tiro fuori il pungidito e le faccio cenno di porgermi la mano. Le buco la pelle dell'indice e analizzo la composizione del suo sangue.

– Tra quindici giorni esatti, quando la componente corpuscolare sarà ripristinata.

– Non sai quello che stai facendo... Sono una Donatrice Madre.

Sospiro e le porgo una barretta di Ematogen.

– Se nel frattempo assumi un po' di ferro, farai anche prima.

Lei mi fissa. Vorrebbe incenerirmi, ma riesce solo a farmi pena.

– Pensa a tutti gli emofiliaci, agli anemici, a quelli che aspettano un trapianto di organi, ai bambini operati al cuore...

Per come si sono messe le cose, un po' di crudeltà non guasta.

– A proposito di bambini, se non ti farai trovare, l'ingiunzione diventa esecutiva nei confronti di Nicola.

– Lui che c'entra? Tenetelo fuori.

Le lacrime le gonfiano le palpebre. Anissa si bagna e non fa niente per nasconderlo.

– Dimenticavo... Nicola di che gruppo sanguigno è?

Anissa si alza, mi rifila un ceffone e se ne va. Ora mi odia e così mi sono felicemente accomodato nel posto più buio e spregevole del suo cuore.

Se avete mai litigato con una ragazza e il suo anello, allora sapete che basta un tampone emostatico per bloccare un'emorragia da un graffio violento. Mi godo l'ultimo sorso di birra prima di tornare al lavoro.

4. La guerra del sangue

Un paio di giorni dopo, mentre mi sto togliendo le croste di giornata, ricevo una videochiamata da Ilario.

– Oh, Alan… Saputa la novità?

– Avete rotto qualche sacca? Ve la vedete voi con Emory…

– Macché, quell'esaltato di Farid ha piantato la squadra… Ha detto che si è rotto di fare la Sanguisuga e che cinquanta prelievi per diventare Pipistrello sono troppi.

– Cosa? Gli abbiamo insegnato tutto…

– Non hai capito… Farid non ha mollato il lavoro, si è messo in proprio. Ha detto che si sente già un Pipistrello e che non ha bisogno di Emory per trovare gli evasori.

– Quindi ce lo ritroviamo contro.

Una volta gli esattori non erano sporchi mercenari. Certo, poteva darsi che alcuni di loro venissero assoldati con contratti a termine, come rinforzi per gli accertamenti oppure durante i picchi dei controlli sulle dichiarazioni ematiche, tuttavia erano considerati benefattori della comunità, non una piaga che la vampirizza. Inoltre, col franchising, Emory dava da lavorare a settanta Vampiri territoriali e circa novecento Pipistrelli, oltre che a cinquemila tra Sanguisughe saltuarie e Zanzare in prova non retribuita.

– Esatto, e come prima mossa, il bastardo ci ha fregato i Robin Blood dell'altro giorno. Accendi la Tv, insieme a certi amici suoi ha sgominato una cellula dell'organizzazione e ora se ne vanta davanti a tutti.

– Bastardo schifoso…

Agli occhi dei ragazzi il lavoro di esattore era una professione che assicurava una buona reputazione, se non un certo lustro. Poi, col tempo, sulle strade e nelle piazze, i punti di prelievo più redditizi hanno preso a essere contesi a suon di coltellate. I dintorni di piazza del Popolo sono diventati teatro di scorribande notturne e tra i vicoli del Rione Monti, i turisti più ingenui venivano aspirati con emodetector portatili.

La domanda di sangue e di barrette di Ematogen non scende mai, anzi, più ne immettiamo sul mercato e più ne sparisce nel giro di pochi giorni.

– Stai parlando del gruppo di Anissa Malesano?

– Bingo! Era la Donatrice Madre di una banda che rivendeva il sangue sottobanco agli ospedali e alle cliniche pubbliche. C'era un giro di corruzione sotto da mangiarci un secolo e oltre...

Mi asciugo le mani e mi butto sul divano. In Tv, la notizia dell'arresto dei Robin Blood sta facendo il giro dei notiziari.

"...il gruppo criminale si riuniva in una ZTL – Zona Tributaria Libera – nei pressi del cavalcavia della Magliana e aveva metodi scientifici: oltre alle famigerate zanzare mannare, seguivano uno schema infallibile per presentarsi in casa delle donne o in ufficio, durante *quei* giorni per prelevare il sangue mestruale con dei cateteri. Dicevano che era per una buona causa, che ci avrebbero pensato loro a ripulirlo, mentre invece abbassavano la capacità contributiva femminile."

– Se lo piglio, Ilario. Giuro, lo umilio davanti a tutti, gli faccio un prelievo sulle chiappe.

– Ti sei ammattito? Può succedere, se la sono svignata in tanti.

– Allora non capisci? La stavo seguendo io *quella* Anissa e lui ha fatto tutto di nascosto. È questione di principio.

– Principio? Ma non è che... ti sei innamorato? Sei stato con certe tipe che non mi porterei neppure a casa, cacciatrici di deduzioni ematiche e supplicanti fiscali... Loro almeno erano sane, quella Anissa invece, hai visto che pelle? Una zanzariera ha meno buchi.

– Cazzo Ilario, sempre le solite menate. Lo sai che la penso come te. Certe cose, però, non le puoi controllare. Vanno come vanno.

– Vanno come vanno... Che risposta è? E dove vanno?

– Dove l'hanno portata?

– E io che ne so? Mica stavo lì.

– Ho capito. Allora ti richiamo appena l'ho scoperto.

– No, non farlo. Non mi ci tirare dentro a questa storia. Te l'immagini? In carcere l'avranno già attaccata a una flebo per tenerla al livello minimo di metabolismo. Con tutto quello che ha evaso, la brava "figlia dei fori"...

– 'Fanculo pure te, Ilario! Bel ringraziamento. Ti sei dimenticato della volta che hai prelevato troppo sangue e mi hai implorato di rimetterlo in vena al tizio che stava diventando cianotico? Eh, Ilario? E la volta che ti sei sputtanato dodici emodosi e per non fare brutta figura con Emory hai voluto il permesso di aspirare uno sconosciuto per strada? Te lo sei scordato?

– Ho capito... Sei diventato come quei Vampiri crumiri che fanno un favore a un collega per averne un altro in cambio. Va bene, bravo, mi hai convinto. Fammi sapere come posso esserti utile. Contento?

– Ti rinnovo il vaffanculo.

E ci sbattiamo il videofono in faccia. Ilario certe volte si comporta come un bambino... Un bambino? Mi pigliasse un colpo. Il figlio di Anissa, che fine farà adesso?

Nicola sta passeggiando insieme a una ragazzina dai capelli fluorescenti. Mano nella mano, sgranocchiano Ematogen come fosse la cosa più squisita del mondo. Su un social network ho scoperto che Nicola frequenta il primo anno dell'Istituto Tecnico Armellini.
Mi affianco alla coppia con la taxbulance.
– Ciao Nicola, vuoi un passaggio fino a casa?
Lui si passa una mano tra i capelli per impressionare la tipa.
– Sì, ma portiamo prima Lucy?
– Lucy? Certo, basta che non abiti in cielo... Forza, salite.
In dieci minuti facciamo il primo pit-stop. Dopo aver salutato Lucy davanti a un cancello di via di Grotta Perfetta, ci avviamo verso il Torrino.
– Senti Nicola, è successa una cosa stamattina.
Lui si sgonfia, ha capito che la mia presenza non porta bene.
– È mamma, giusto? Sta ancora male?
Non so cosa dire. Se Nicola si è abituato a trattare con i "buchi della felicità" di Anissa, questa, purtroppo per lui, sarà una storia molto diversa.
– Tua madre ne avrà per un po'...
– Allora è grave. L'hanno ricoverata?
Invece di girare per il Torrino proseguo sul raccordo, direzione nord. Lui è nervoso e si scarta un'altra barretta di Ematogen al plasma.
– Uno stronzo che conosco l'ha arrestata. Io le avevo dato quindici giorni per prepararsi. Ma lui non ha aspettato... Insomma, Anissa sta a Regina Coeli.
Stavolta non piange, è troppo sorpreso e non sa come reagire.
– Hai qualcuno dove stare? Un parente, un vicino? Mi spiace, ma te lo devo chiedere, tuo padre?
– No, di lui non so niente. Mamma non ne parla mai e quando capita va a finire che piange o tira un piatto contro il muro.
– Allora starai da me. Poi troviamo un'altra soluzione.
– Perché?
– Perché non puoi stare da solo. Quanti anni hai?
– No, perché lo fai?
Al di là del parabrezza, il sole sta calando su Fiumicino. Una palla di fuoco come quella che vedevo al fronte. Mi prude la ferita sulla coscia. Rivedo l'immagine della ragazzina con il fucile a tracolla e poi, accanto a me, quest'altro ragazzino che rischia di diventare orfano di madre.
– Perché non puoi stare con quei matti di Robin Blood.

– E perché no?

Il ragazzino non molla. Tutto sua madre.

– Perché se passi troppo tempo con gli sfigati, va a finire che diventi come loro. Ecco perché...

Rallento bruscamente.

– Mi è venuta sete... Ti va una Coca?

Lui annuisce, mentre la taxbulance ringhia sull'asfalto dell'autogrill. Mi porto dietro l'emodetector portatile. Voglio verificare una cosa che potrebbe avere dell'assurdo. Quando siamo al tavolo di Fast Blood, a ingozzarci di Ematogen Rosse innaffiate di Coca, tiro fuori il pungidito.

– Io non mi buco. Non sono come lei.

– Me ne serve solo una goccia.

Per rassicurarlo, scelgo un ago da insulina piccolo piccolo.

– Scommetti un'altra Coca che non sentirai niente?

Lui accetta e quando leggo il risultato dell'analisi, vado in depressione. Cerco di tenermela per me, anche se Nicola vuole sapere che cosa ho *visto*: suo padre è uno 0 RH negativo.

Come non esistono due persone uguali, neppure il loro sangue è identico. Eppure Anissa doveva essere talmente ossessionata dall'esperienza della donazione che si è scelta un compagno con il suo stesso gruppo sanguigno per essere sicura che Nicola sarebbe diventato un Donatore Universale.

– Tutto a posto. Sei sano come una barretta di Ematogen. Prendo la Coca e andiamo.

5. Patto di sangue

Il fiume scorre lento lungo l'ansa del Tevere chiamata Riva Ostiense. Dove un tempo funzionava la Centrale Elettrica Montemartini, oggi si apre l'imbocco della Cloaca Nova, dove il sangue dei contribuenti si trasforma in barrette vitaminiche.

Stamattina ho portato Nicola a scuola – starà da Lucy nel week-end – e poi verso sera sono venuto da Emory, nel giorno in cui controlla la produzione.

Nel seminterrato, l'odore di sangue mi dà alla testa; mi pare di essere uno squalo libero di sguazzare in una pescheria. Nel dedalo dei depositi del Gazometro, riadattato alle esigenze della Ematogen, si snoda l'Impero di Sangue di Emory Szilagiy. Percorsi alcuni corridoi, vedo Emory che gesticola sotto l'insegna "ACEA – DIPARTIMENTO DELLE ACQUE DI ROMA". Sta discutendo con un ingegnere alimentare. Il tizio in camice gli porge un vasetto e lui ci intinge due dita e se le succhia.

– Per me è falso... Guardalo, è troppo rosso.

– Invece è umano.

– Sarà, ma sa lo stesso di *cane*. E non voglio sapere da quali vene è stato prelevato. Fallo sparire.

Quando si accorge di me, Emory congeda l'ingegnere e mi fa accomodare nel suo ufficio.

– È da tanto che non scendi alla Cloaca.

Il mio capo ha il volto butterato, porta i capelli all'indietro e lucidati da una lacca il cui odore lo precede a cinque metri di distanza. La usa per neutralizzare il sapore di sangue che si porta appresso.

Oltre lo specchio fumé dietro la scrivania, alla velocità di tremila rotazioni al minuto gli impianti di centrifugazione stanno emulsionando i componenti ematici in globuli rossi, plasma e piastrine.

I tre derivati non possono essere utilizzati finché non ricevono l'ok per una particolare linea di prodotto. L'ok consiste nel superamento dei test siero-virologici necessari a smascherare eventuali agenti infettanti, epatite B o C, "Lue" o HIV.

– Il sangue scorre, Alan... Come vedi, stiamo aumentando la produzione in vista del picco estivo. Lanceremo l'Ice-blood da succhiare. Ogni contribuente concorre al risultato finale e vale più di tanti evasori.

Lo sguardo eloquente di Emory, non proprio da filantropo, significa affari all'orizzonte.

– Ho da chiederti un favore... Si tratta di Farid.

Lui annuisce e tira fuori dall'Emoteca una fiala etichettata a suo nome. Prende una siringa, aspira un goccio di liquido e se lo versa in un palmo.

– Ho saputo del suo voltafaccia. Farid è una Zanzara con contratto a chiamata, non posso fare niente.

A Emory piace osservare le emodosi riempirsi del plasma della vita. Più che morboso, è erotico.

– Non c'entra il contratto, non lo riprenderei mai in squadra... Lo stronzo ha fatto arrestare i Robin Blood che avevo in carico *io*. Anissa Malesano avrebbe versato il dovuto all'Erario entro quindici giorni. La mia parola è stata calpestata da quel figlio di cagna...

Emory solleva il palmo fin sotto il mio naso e mi invita ad annusarlo.

– Mi meraviglio di te... Sicuro di avere la situazione sotto controllo? Non senti anche tu cattivo odore?

Mi scanso appena capto il marcio di quel liquido bluastro, simile all'ardesia.

– Fantastico, ora anche il più grande trafficante di sangue vuole farmi da madre adottiva?

– Figurati, sto solo sondando la tua lucidità. Per vendicarsi ci vuole sangue *freddo*.

Mettete in conto che c'è qualcosa di orrendo in Emory Szilagiy, un'atrocità permanente da cui non pare essere in grado di liberarsi.

– Se ti porto quel pezzo di merda, mi aiuterai con la cauzione di Anissa Malesano?

– Certo, l'immagine dei BloodBusters ne risentirebbe se una cosa del genere dovesse passare impunita.

Gli occhi di Emory luccicano spietati.

– Ho proprio quello che fa per te, Alan. Al Sant'Andrea è in corso una strage. I soliti integralisti alimentari... Un grosso quantitativo di sangue sarà presto disponibile. Arriveranno tutti i BloodBusters, autorizzati e no. Scommetto che Farid non si lascerà scappare l'occasione.

Il massimo che riesco a fare per esprimere la mia gratitudine verso di lui è grugnire. Poi mando un messaggio a Ilario per dargli appuntamento all'uscita di Grottarossa.

– Ah, dimenticavo... Portami dieci casse di sangue e vedrò di ripulire il tuo nome in giro.

Ho il presentimento che Emory mi stia salvando, spingendomi in fondo al baratro.

6. La mattanza

È cominciato a piovere appena parcheggiate le *taxbulance* nello sterrato del Sant'Andrea. Alla radio hanno confermato che, al momento della strage, erano presenti circa cinquecentosessanta persone tra malati e personale medico. Nell'aria fluttua un profumo di carne, di carne umana.

Superiamo il cordone di agenti della Polizia che, viste le uniformi scarlatte, ci lasciano passare. Degli spruzzi, simili a stelle rosse, si muovono sul soffitto imbrattato della Hall.

Poi li vediamo.

– Quanti cadaveri saranno?

– Non sono ancora cadaveri, l'hai letto il manuale?

– Come ti pare, "contribuenti a cuore fermo". Per me sono morti stecchiti.

– Siamo in ritardo, tra poco andranno in ischemia fredda.

Questi obesi squartati mi fanno pena... Vengono qui per dimagrire, nella speranza che facendosi asportare grosse fette di adipe risolveranno il problema della loro vita e invece più gliene levano e più hanno fame e più grasso producono: un ciclo chiuso che passa dalla bocca, affonda nel portafogli e infine risolleva le casse dell'Erario.

Avanziamo lenti e a pochi battiti cardiaci di distanza.

– Sst, lo senti?

Da sopra provengono rumori smorzati, stivali di gomma che si muovono, si fermano e riprendono. I cadaveri di fronte sono stati ammucchiati sui divani fradici di sangue. Altri sono stati intubati sul luogo del decesso. Schegge d'ossa e frammenti di tessuto molle rischiano di farci scoprire. Da fuori, per fortuna, la pioggia contro i vetri copre la nostra avanzata.

– Che vorresti aver fatto prima di crepare, Alan?

– Vorrei aver smesso con questo lavoro...

– Io invece vorrei abitare al Forte Garbatella... Hai presente quei lotti IACP? Uno spettacolo.

Ci sono degli anziani e si capisce dall'odore stantio, che i barbigli identificano da lontano. Assumere il loro sangue è sconsigliabile, come bere vino annacquato, ma Farid non si sarà fatto scrupoli in questa nuova fase della sua carriera.

Un flash e capisco che Anissa e io condividiamo lo stesso confine patologico, anche sa da lati opposti: se io posso prelevare sangue dai cadaveri per agevolare la loro morte, Anissa preferisce donarlo allo scopo di impedirla.

In fondo al Reparto di Cardiologia, svoltiamo verso Chirurgia Estetica, quando un braccio si solleva a salutarci: è Marzio, il Gladio, e a gesti ci fa capire che il piano terra è stato ripulito fino all'ultima goccia.

– Ilario seguimi, prendiamo le altre scale...

Anche il primo piano è stato "lavorato" dalla concorrenza. Qui i corpi sono stati *scarificati* e privati dei cinque o sei litri di sangue che ognuno si porta in dote come credito erariale dalla nascita. Dal tipo di incisioni riconosco il tocco di Farid, la sua mano da ex-tatuatore.

Al secondo piano, scavalchiamo un parapetto sullo slargo di Oncologia. Ilario, da bravo Pipistrello, rimane appollaiato sulla passerella, mentre io avanzo. Solo che scivolo sul sangue e vado a sbattere il sedere contro il pavimento. Quando mi rialzo, sento il pizzico di una siringa puntata alla gola. Tra me e Farid non corre buon sangue.

Sento uno sciabordio eccitante: Farid si è imbottito di emodosi come soltanto un terrorista sul punto di farsi esplodere sarebbe capace.

– Se non volete che lo svuoto qui davanti a tutti, lasciatemi andare. Capito?

Un getto di sangue mi attraversa la gola da parte a parte.

– Fatevi due conti, succhiasangue... Quanto gli resta da vivere adesso?

Farid scopre la mia gola e la espone verso l'alto. Nel buio, intravedo Ilario aprire una sacca di sangue e scolarla in testa a quel figlio di cagna. Poi, con un balzo si getta su di lui. Io colgo l'occasione per divincolarmi. Retrocedo più che posso finché non vado a sbattere contro le gambe di Marzio.

Ora quei due se le daranno a colpi di siringa, in puro stile BloodBusters. Montano gli aghi da combattimento, dei ferri da sette gauge usati per il piercing alle orecchie e affilano le punte contro la superficie ruvida della parete.

Farid fa oscillare le braccia. Il primo affondo va a vuoto, ma con il secondo di riporto, colpisce Ilario al costato, che, dal canto suo, va a segno sulla gamba. Entrambi cacciano un urlo.

– Chiudi quella cazzo di bocca!

Farid afferra la lingua di Ilario e gliela tira fuori dalla bocca. Se Ilario si azzardasse a mordere se la trancerebbe di netto. E allora se ne resta così, intrappolato tra le dita del traditore che lo trascina fino alla rampa di scale.

Guardo Marzio che non interviene e allo stesso tempo mi tampono la mezza luna sgocciolante con il bavero del giubbotto. Poi il mio compare fa una cosa pazzesca: serra le mascelle, si tira un morso e si recide la lingua, espulsa dalla bocca come una larva guizzante.

Tira un calcio sullo stinco di Farid e lo fa precipitare dalle scale. Con il sangue che gli cola dalle labbra si avventa su di lui. Sento un colpo terribile, di ossa infrante e poi il tintinnio di un ago sul pavimento. Ilario trascina Farid di sopra per il giubbotto e me lo offre, inerte. Dalle sue ferite scorre un fluido simile a pus giallognolo.

Ilario resta a bocca aperta, tipo Labrador assetato.

– Con qvesho shrontzo non c'è nuaa da fare.

Solo adesso Marzio si abbassa verso di me e, cigolando sulle protesi, mi porge una garza.

– Hai il potere di cacciarti sempre nello stesso guaio, eh Alan?

Non rispondo. La gola brucia di sangue e di dolore. Lo guardo come a dire "di che cazzo parli?"

– Dissanguamento per colpa di qualche stronzata... Te lo sei scordato il Medioriente?

Mi escono tre mugugni.

– Che... ne... sai?

La barba di Marzio era lì, anche se non era bianca quanto adesso. Le cazzate però hanno le eco più lunghe.

– Come fai *tu* a non saperlo. Tutti questi anni e non sono riuscito a capire se sei più cinico o idealista. Sei uno zuccone, uno che preferisce credere solo a quello che capisce. Non ti sei mai chiesto perché non avessimo una goccia d'acqua con noi? Non ti sei mai chiesto perché avessimo tutti una sete nera durante le missioni? Siamo tutti addestrati a fare gli utili idioti, amico mio...

La ragazzina della bottiglietta? No. Ora capisco. Non sono stati i sensi a ingannarmi, è stata la loro interpretazione. La bottiglietta era l'esca per reclutarci; il ferimento, un metodo ingegnoso per creare un debito di sangue – anche se artificiale – nei confronti di Emory. Per renderci felici di trasformarci in BloodBusters.

Alla fine della convalescenza, Emory voleva che gli fossimo riconoscenti. Un buon motivo per tornare a riscuotere la nostra vita. Giorno dopo giorno.

Ecco cosa siamo, una cazzo di muta di amorevoli cani al suo servizio.

Il Gladio s'infila un paio di guanti e stappa una fiala di Cryo, un composto coagulante cento volte più potente del plasma. Si piega su di me e mi strizza un laccio emostatico attorno al braccio. Carica il siero nel serbatoio di una siringa usa e getta e me lo pompa in vena.

Il Cryo è una delizia. Me ne resto appoggiato contro il muro in attesa che l'effetto si diffonda.

Quando l'ultimo corpo obeso sarà stato ematicamente svuotato, al Sant'Andrea resterà puzza di intestini per molti anni.

7. Cuore Ematico

È notte fonda quando io e Ilario ci presentiamo da Emory.

Se devo uscire di scena, non voglio debiti con nessuno. Di fatto non ne ho, anche se credevo il contrario.

I cani che ululano e scorrazzano in giardino hanno il profilo aguzzo degli sciacalli.

Noi siamo impresentabili, con più sangue di fuori che dentro, eppure il cancello si apre quando una telecamera ci riconosce. Con indosso una vestaglia leggera, Emory non pare sobrio.

– Ditemi che avete un ottimo motivo…

Dobbiamo averlo interrotto, mentre sta *siringando* una silfide anemica. Gli pianto il muso a meno di un metro e un dito contro il petto.

– No, dimmi *tu* perché mi hai scelto?

Emory scopre le zanne e quel ghigno, su un volto umano, dovrebbe corrispondere a un sorriso.

– Anche tu sei in vena di tentare la fortuna?

– Non c'entra la fortuna.

– Allora non metterti a correre contro mano, non sulla mia strada. Il cuore è un organo che pompa sangue, non sentimenti.

Ilario tace. Se pure volesse aprire bocca, non sarebbe di grande aiuto.

– E tu che pensavi? Che me ne sarei tornato dalla mattanza così, lindo e pinto, tutto dedito alla causa della Ematogen come se niente fosse?

Emory esce sul patio di casa e ci costringe a retrocedere.

– Quante storie pur di giustificare i nostri fallimenti... Adesso fai finta di non sapere perché sei stato ferito? Perché singhiozzavi e imploravi che qualcuno ti salvasse?

– Falla finita, so come ci hai reclutato. Marzio mi ha detto della bottiglietta...

Mi chiedo in quale forma Emory avrebbe scatenato la sua furia; in che modo me l'avrebbe fatta pagare. Mi avrebbe messo contro ogni squadra di BloodBusters per pareggiare il conto di quello che, nella sua testa, vale come il tradimento della riconoscenza che avrei dovuto dimostrargli in eterno? Oppure mi avrebbe impedito di lavorare in una qualsiasi Agenzia dei Prelievi d'Italia? Una sua voce e sarei stato bandito per sempre, maledetto "urbi et orbi".

– Marzio? Riflettici sopra, lui vuole togliersi dai piedi uno che gli fa concorrenza.

Non provo collera, solo il fastidio che prelude a una liberazione.

Io e il Gladio ci siamo lavati il sangue insieme. Tre volte, per essere sicuri di non beccarci un po' di radioattività nella circolazione sanguigna grazie alle munizioni all'uranio impoverito. Non so se basta a creare un legame di fiducia, ma voglio credere di sì.

Ilario e io appoggiamo in terra due contenitori MT67F. I cani ci girano attorno e li annusano eccitati.

– Questo è quanto abbiamo prelevato. Ilario ci ha rimesso un pezzo di lingua. Ti lascio lui al posto mio. In una sola notte ha raccolto quarantotto sacche. E considerato che mi ha salvato la vita, lo candido a sostituirmi nel ruolo di Vampiro.

Con questa mossa ho intenzione di rimettere in moto parecchie cose. Sembrerà assurdo eppure, a volte, ho avuto il sentore che stando fermo troppo tempo, ripetendo le stesse cose con le stesse persone, sarei finito male. Come se il sangue che ristagna potesse trasformarsi in una sostanza lurida ma fertile, dove i batteri riescano a riprodursi e proliferare meglio. Invece di andare più a fondo, sarei sprofondato; invece di avanzare, sarei marcito.

– Come pensi che possa aiutarti a pagare la cauzione di quella Malesano con due misere casse?

– Ok, niente cauzione, ma non ti devo più nulla. Né ora, né mai. Accetti le dimissioni?

Mi sfilo la giacca scarlatta e la butto per terra.

Il labbro inferiore di Emory gli pende dai denti. La faccia gli diventa piena di angoli ottusi. Niente si sarebbe risolto così facilmente, però mi consola il fatto di sapere perché è successo.

Slaccio la cintura, la estraggo dalle asole dei calzoni e la arrotolo.

Senza inutili dettagli, dico solo che *voglio* Anissa. Dal giorno in cui l'ho vista mezza morta su una poltrona al Laurentino e poi a casa sua e ancora da Wok.

È come se sentissi il bisogno di raggiungerla, è come se dovessi circolare dentro di lei, ovunque lei sia. Magari suona patetico, perché lei sta attaccata a una flebo e io non so come fare a liberarla.

Ora come ora, vorrei trasformarmi in un liquido, sguazzare nelle sue vene e inondarle il cuore. Vorrei essere il suo vanto, la sua vittoria più sfacciata davanti ai soci di Robin Blood. Farla sentire importante, come l'unica che sia stata capace di sciogliere il sangue di un BloodBuster e trasformarlo in un mezzo traditore. Comunque, non è il caso di condividere queste riflessioni con Emory. Né voglio dirgli quello che penso sulla sua gestione del business. La "prova dell'acqua", con cui ha iniziato me e chissà quanti altri poveracci, è una viscida stronzata, un mezzuccio da infame per selezionare il personale.

Mi levo le scarpe, poi i calzini. A piedi nudi, faccio un mucchietto delle mie ex-cose. Emory inarca le sopracciglia: non si capacita di quello che sta succedendo.

– Ho capito. È colpa dei Robin Blood. Ti sei ammattito dietro a quella Anissa. Deve averti infettato con quelle sue cazzo d'idee sulla donazione indiscriminata.

Mi sfilo la maglietta. La do in pasto ai cani che se la litigano di gusto. Emory non si scrolla.

– Nel nostro giro, non puoi restare pulito, neppure se lo vuoi, Alan. Ecco come stanno le cose. Se solo ti azzardi a provarci, a seguire le regole, ti lasciano in mutande. Non si scappa, il potere è un dio manicheo. O stai al gioco o non paghi le rate. Solo chi si sporca le mani ce la fa.

– Certe cose sporcano più del sangue.

Saluto Ilario e rimonto sulla *taxbulance*.

– Ah, Farid l'abbiamo scaricato qui fuori. Tieni a bada i cani o lasciali liberi, decidi tu…

Domani sarà l'inizio di una nuova fine.

Tiro un buffetto a Nicola che, al mio fianco, sgranocchia Ematogen alla piastra.

– Davvero hai trovato il modo di farla uscire?

– È stata dura, ma si sono fatti convincere.

– E come hai fatto?

Ho paura a dirgli la verità. Sapere quello che succede in carcere non è adatto a un ragazzo che si nutre di Em&Emos e Blood-shake.

– Gli ho fatto una proposta impossibile da rifiutare.

– Che proposta?

– Scendi e ti faccio vedere.

Tiro fuori il muletto dalla *taxbulance* e inizio a scaricare una pila di dieci contenitori MT67F. I risparmi di una vita. Sangue del mio sangue, richiamato in blocco stamattina dalla Banca Ematica di via XX Settembre. L'impiegato allo sportello ha fatto le solite storie. Alla fine però ha chiamato al cellulare il suo superiore, che ha dato ordine di smobilizzare le casse.

– Questa è la prima parte della proposta…

Nicola mi aiuta a spingere il muletto fino all'ingresso di Regina Coeli dove un paio di addetti mi stanno aspettando.

– E l'altra?

– L'altra è in arrivo.

Dopo aver controllato la cartella ematoriale che certifica la bontà del mio autoprelievo, gli addetti chiamano un brigadiere. Quello si rimette a verificare tutto daccapo; passa al setaccio ogni valore ematico, traccheggia senza spiccicare una parola. Poi si stufa.

– Potete procedere. Tutto a posto.

Strizzo l'occhio a Nicola. Lui non ha afferrato bene i termini dell'accordo, però quando vede la sagoma sottile di sua madre sotto il metal detector e poi varcare la soglia di Regina Coeli, si dimentica di tutto e si lancia incontro a lei.

Anissa è più pallida e spirituale che mai. Chissà se il carcere ha il potere di tirare fuori la vera natura dei suoi inquilini. C'è chi si pente e chi no; c'è chi si perde e chi si ritrova.

Anissa si stringe a suo figlio e poi solleva lo sguardo su di me. Lei sarebbe pronta a morire per l'idea di un'umanità diversa, migliore. Per me che sono vissuto tra la gente, quest'idea suona pazzesca. I due avanzano abbracciati e quando faccio per toccare le bende sul viso di Anissa, lei si lascia accarezzare.

– Tu mi piaci, Alan.

Ammetto che a colpirmi di lei sia stata l'aria da combattente e la tragedia della sua vita, di un amore scelto male e di Nicola, concepito con l'idea di farne un Donatore Perfetto.

Le porgo le chiavi della taxbulance.

– Nessuno vi disturberà a bordo di quella.

Nicola è contento, Anissa meno.

– E tu dove vai? Non vieni con noi?

– Il sangue non bastava…

La legge lo consente. Conosco persone messe male che lo fanno, ma forse la verità è che devo qualcosa a me stesso, una ripulita, come direbbe Emory. Di che cosa, non ne sono sicuro, ma qualcosa da farmi perdonare ce l'ho. Chissà… forse è che non esiste niente al mondo che possa compensare l'assenza di una madre. Io l'ho avuta e, visto quanto può essere devastante la sua mancanza, sento un debito verso Nicola, verso Anissa. Magari anche verso la ragazzina dal fucile a tracolla, morta per mano di Emory, anche se a causa mia. Pare una cosa astratta e me ne rendo conto, ma vedere madre e figlio insieme la rende concreta.

– Se entri lì dentro, il sangue non basterà mai.

– Tu ne produci poco al giorno, io ci metterò di meno.

Gli addetti portano i contenitori nel deposito di Regina Coeli e io vengo preso in consegna da un secondino tracagnotto con la faccia da allocco.

Prima di salutare la Lupa Eterna, vedo Nicola aiutare Anissa a salire in macchina.

– Ti bucherai ancora per gli altri, ma'?

– No, mi sa che ogni tanto dobbiamo pensare anche alla nostra di felicità.

Saliti i tre scalini, mentre affronto il corridoio, non so a chi dare la colpa di tutta la faccenda. A Farid. A Emory. Alla Lupa Eterna.

Mi viene mostrata un cella. Ci entro e un altro secondino, mi fa un sorrisetto di scherno. Nel momento in cui vengo attaccato alla flebo e il sangue inizia a sgocciolare, sento di essere io il mio capro espiatorio.

La mia cella si affaccia sul Gianicolo o meglio è sotto, all'ombra del colle. Il mio compagno di cella è Gesù Cristo. Almeno così dice lui. Dice di avere scontato la sua pena vivendo su questo mondo. Dice di aver pagato le tasse ematiche per tutti i peccatori contribuenti. Dice che agli evasori spetta un'unica punizione: la dannazione eterna. Non è uno spasso essere rinchiuso con un mitomane del genere. Certe volte mi ricorda Emory. Di buono c'è che Gesù Cristo ascolta *In the flesh* dei *Pink Floyd*. Di brutto c'è che lo fa di continuo, tutto il giorno.

Oggi è arrivata posta. È la risposta di mia madre alla lettera con cui l'ho informata della mia vacanza a spese dello Stato. Dice che ho fatto bene. Dice che però non mi può aiutare, per via dell'età.

La prima settimana, come da programma, mi hanno svenato. Poi, si è trattato di ripetere la procedura più e più volte. Comunque, ci sono giorni in cui lo spicchio di cielo che passa sopra la Lupa Eterna non schiarisce mai del tutto e resta di un colore compatto, tendente al rosso vivo, quasi fiamma. Spesso, dai selciati sconnessi della passeggiata del Gianicolo e dalle gallerie di platani sul Lungotevere dei Tebaldi, si sentono echeggiare le sirene delle taxbulance. Il richiamo non mi smuove niente dentro. In un universo distorto come Roma, non mi stupirei se anche il male fosse capace di compiere miracoli.

Il sepolcro del nuovo incontro
(da *Partita di anime*, Galaad Edizioni, 2014)

di Giovanni Agnoloni

Tutte le volte che si affacciava su quello spazio buio pensava che avrebbe dovuto aver paura. Eppure non ne provava. C'erano un silenzio e una pace perfetti, in quelle notti d'estate. Qualcosa che somigliava alla grana fine ed eccitante delle sere dell'adolescenza, pochi minuti prima di uscire con una ragazza.

Ormai abitava lì da quasi un anno. Più o meno da quando aveva deciso di dimenticare Sandra.

Era stato un amico a trovargli quella sistemazione.

Le tombe erano sempre tranquille. Non disturbavano il suo lavoro. Anzi, lo aiutavano.

Quell'angolo di Firenze era sconosciuto ai più. Di tanto in tanto apriva al pubblico, ma era quasi sempre chiuso. Un'oasi perfetta.

Aurelio non avrebbe mai pensato di finire a vivere nella casa del vecchio custode di quel cimitero d'Oltrarno, nella stanza dove una volta si componevano i corpi. Quando il suo amico gliel'aveva proposto si era fatto una risata, ma non era riuscito a evitare di andarla a vedere. E tra quelle mura aveva sentito un'energia sottile, pulita, capace di ispirare le sue storie. Ne era rimasto stregato.

Sandra l'aveva lasciato dopo l'ennesimo litigio. Una sfuriata spaventosa, nel cuore di un pomeriggio di pioggia. Era l'aprile del 2026. Una di quelle giornate di primavera umide e collose in cui l'Arno si gonfia, come per rinfacciarti anche i torti che non hai commesso. Quella Firenze ostile si era sfogata tutta insieme nelle parole scomposte di una donna che non riconosceva più. Due anni di convivenza e tanto amore, all'inizio. Poi la metamorfosi e la battaglia continua.

Dopo che se n'era andata, si era sentito come un guscio vuoto. Non riusciva più a scrivere, evitava il contatto con gli altri. Passava le giornate tra sonni agitati, tentativi di mettersi al lavoro destinati a naufragare quasi subito e partite dei più impensabili campionati stranieri in Tv. Non c'era neanche internet a distrarlo, da quando il Sistema era caduto. Ed era difficile riabituarsi alla vita di prima.

La sua stanza era diventata un caos. Mutande gettate per terra, bicchieri di vino lasciati a metà sul tavolo, libri sparsi ovunque. Incredibilmente, solo la sua fialetta restava sempre in piedi, integra e tranquilla, al centro della scrivania. Di tanto in tanto sorseggiava un po' di quel liquido e si sentiva meglio.

Poi andava fuori, dopo che il sole si era inabissato dietro l'orizzonte, in quel lago di luce rossa che strapazzava il cielo lontano, oltre le Cascine e il ponte dell'Indiano.

E viaggiava, senza meta.

Era così che aveva scoperto quella Firenze segreta, che parlava per risonanze intime, tra venature d'ombra sgorgate da bozzoli nascosti.

La città, silenziosa, lo accompagnava nei suoi pellegrinaggi notturni. Il primo incontro con questa dimensione sotterranea l'aveva avuto giusto dietro casa, osservando l'oscurità complice dell'angolo di un palazzo affacciato su un cortile interno, con un albero come muto testimone.

Poi aveva preso a inoltrarsi in quartieri sempre più lontani, muovendosi dal centro per raggiungere le periferie.

Inconsapevolmente, aveva creato una sua ronda, tracciata lungo un percorso invisibile e teleguidato.

Il primo sguardo a quel cortile solitario era bastato a fargli capire che aveva bisogno di quell'intimità. La stessa che Sandra non aveva saputo dargli.

Poi c'era stata la calma occhiata della facciata grezza della chiesa di Cestello. Statuaria, sembrava alludere a una meta, un luogo d'approdo. Un mondo al di là di un fiume immaginario, ma ben più concreto dello stesso Arno, e che Aurelio non si decideva ad attraversare.

Duravano a lungo, quelle ronde. Bordeggiavano isolati intrisi di odori forti, illuminati solo da qualche discount aperto fino a tardi e presidiato da occhi stanchi di indiani o cingalesi. Rimbalzavano contro le facciate del centro storico, derelitte come signore anziane dopo essersi struccate. Raramente lo portavano a incontrare qualcuno e, se capitava, Aurelio evitava di parlargli o anche solo di incrociarne lo sguardo. A volte, nella zona di Santa Croce, si era sentito fissare da sguardi femminili invitanti, ma aveva preferito tirar dritto.

C'era ancora *lei*, dentro, e se ne doveva liberare.

E così proseguiva lungo l'osso cavo di via Fiesolana, dentro il midollo scuro di via dei Pilastri e poi giù, nel profondo di Borgo Pinti, fin dove si allargava nel crocevia di via della Colonna, e quindi proseguiva elegante fino al Cimitero degli Inglesi, in piazza Donatello. Aveva sempre visto quel luogo come una stazione orbitante, una nube di energia calma in una galassia di strade. I viali, a tarda notte, lo lambivano come fiumi vischiosi paralizzati in una morsa d'asfalto. Era chiuso, ma ogni volta lo chiamava intensamente. Allora non ne capiva il perché, ma forse, adesso che era andato a vivere in un luogo simile, riusciva a intuirlo. Le vibrazioni di quelle lapidi parlavano di vite esalate in sussurri che giungevano da altri mondi. Si ergevano come spuntoni nel cielo scuro, illuminato solo in parte dai lampioni, la cui luce veniva inghiottita dalle chiome degli alberi sovrastanti.

Tutto sapeva di presagio. Un presagio tranquillo ma certo. Qualcosa che sarebbe dovuto succedere. Per forza. Era solo questione di tempo.

Poi passava oltre, imboccando via degli Artisti, accanto al lungo casamento che un tempo era stato popolato da pittori e scultori. Lì vicino c'era la clinica dov'era nato. Ma quello era un tempo lontano, scomparso insieme a tutto il resto. Come Sandra.

Allora raggiungeva il Ponte al Pino, scavalcava le vene metalliche della ferrovia e s'inoltrava in Campo di Marte, percorrendo la lunga via Campo d'Arrigo, stretta tra un muro di palazzi e uno di cemento, che lo separava da una terra grigia annunciata da gru metalliche sospese nel vuoto.

Aurelio galleggiava in quella strada e intanto un pensiero, un'idea prendeva forma nella sua mente, o forse più giù, nella pancia, fluttuando come un sughero impregnato di umidità.

Il paesaggio svaporava lentamente, e il buio diventava profondità increspata di velluto.

Ogni volta, giunto in quel punto, beveva un sorso della sua fialetta e sprofondava nel sonno.

Durava un numero indefinito di ore. Poi si risvegliava, sempre in prossimità dell'alba. Lontano da lì, in un luogo qualsiasi della periferia.

Vecchie rimesse affacciate sul nulla, strutture di legno e ferro arrugginito. In lontananza, colline con luci artificiali simili a fuochi fatui, enigmatici araldi disposti a schiera che sembravano alludere a invisibili presenze disseminate sullo sfondo.

Aurelio si alzava, stordito e senza chiedersi il perché di tutto ciò. E tornava verso casa.

Era andata avanti per qualche tempo, quella vita. Sicuramente qualche settimana.

Poi gli era arrivata l'offerta dell'appartamento nel cimitero. Non aveva saputo dire di no. Forse, inconsciamente, era stato attratto dall'idea di ritirarsi dal mondo, in un luogo dove nessuno avrebbe potuto disturbarlo. Magari sarebbe stato meglio con i morti che con i vivi.

Certo è che la sua scrittura riprese il volo, veicolata da un fluido creativo capace di spazzar via qualunque resistenza.

Raramente, adesso, usciva dal suo rifugio. Non girava più per la città. Non di notte, almeno. Neì si era più chiesto che cosa significassero quegli itinerari allucinati, quei sonni e quei risvegli su conati di albe imperfette. Si beava della sua nuova tranquillità che gli ricordava le note segrete di piazza Donatello. Si sentiva anestetizzato, accolto in quell'ombra, risucchiato dal segreto di vite sconosciute. Le tombe non portavano nome alcuno. Erano mute, come muta era la quasi totalità del suo tempo, con l'unica compagnia del suo portatile e della sua fiala, che ogni tanto, ma ormai di rado, continuava ad assaggiare.

Quando finiva di scrivere, usciva dall'appartamento e s'inoltrava in mezzo ai morti, nel loro silenzio calmo, inalando l'aria sempre più imbevuta di muschio, man mano che penetrava in quell'ombra amica.

Da una parte, lo scheletro di un capannone metallico, residuo di una fabbrica svuotata dal tempo. Dall'altra, più lontano, il retro delle case che davano sul viale principale, simile al lato oscuro della luna.

In mezzo c'erano le tombe.

Aurelio andava fino in fondo. Fin dove, rappresa nelle sue facce triangolari, sorgeva una piccola piramide. Un sepolcro che sembrava un riflesso di tempi antichi.

Lo scrittore sostava lì, con l'unico punto acceso di una sigaretta. La lasciava esaurire e, dopo averla schiacciata contro un sasso, tornava indietro. Tutte le volte.

Quella notte, invece, no. Si era dimenticato il pacchetto.

Rimase lì, fermo in piedi, come giunto al limite estremo di un elastico prima dello scatto finale.

Ma lo scatto non ci fu.

Al suo posto gli arrivò quella voce. Lenta, grave, spiraleggiante. Venata da un'ombra di dolore, proveniva da una forma oscura, raggomitolata dietro l'angolo della piramide. Un corpo ripiegato su se stesso, con la testa bassa, che parlava in tono quieto e affranto.

Era lei.

Aurelio non rimase sconvolto. In fondo, era come se l'aspettasse. Semplicemente, la guardò e rimase in ascolto. Non capì quello che diceva, perché le sue parole non avevano un suono. Parevano cullarlo sfruttando frequenze sconosciute, intrappolandolo in una spora che lo riportava a quelle notti. Alle sue notti in giro per Firenze.

Perchèi era tornata?

Sandra si alzò, sciogliendo il nodo di membra in cui si era ripiegata, e s'inoltrò più in là della piramide, verso le tombe più interne.

Lui la seguì con passo esitante, attratto dal fascino enigmatico delle sue forme, mentre si insinuava tra i cunicoli spenti di quel luogo segreto. E rivedeva corridoi, scale vertiginose e torrenti limacciosi che aveva già attraversato nei suoi percorsi allucinati e che incorreggibilmente, all'alba, lo conducevano ai margini della città.

Quella donna restava una pallida luce, che orientava il suo trascinarsi dentro i pertugi di una Firenze immaginaria, nella sua essenza avvelenata e avvizzita tra le macerie della Storia, nel cumulo di cenere di un mondo bruciato.

Ma insieme era *altro*. Un *altrove* che Aurelio non aveva mai veramente scoperto e che gli si rivelava nell'anima più oscura del suo girovagare.

Sì, Sandra era stata una presenza ostile, perfino molesta, ma al tempo stesso l'aveva costretto a confrontarsi con la parte più buia di sé. L'aveva pungolato, fino a farlo arrivare *qui*.

La seguì ancora, spingendosi ai margini estremi di quel territorio d'erba, pietra e ossa. Si sentiva confuso. Era cosciente della presenza di vuoti, nella sua memoria. Avrebbero potuto essere galassie lontane, o i vani vortici del suo peregrinare dei mesi precedenti.

Ma in fondo no, quella era un'altra vita. Una vita a cui ormai lo legava soltanto un dettaglio.

Quella fiala, che portava ancora in tasca, casomai la disperazione fosse tornata a stilettarlo. Un sorso, e il mondo gli avrebbe fatto meno male. Però non poteva. Non *voleva* più. Se non avesse guardato in faccia l'ombra di quella donna scomparsa, quell'inferno non sarebbe mai passato.

Si fermò, chiuse gli occhi e respirò profondamente. La mano scivolò nella tasca, pronta a stringere il flaconcino. Lo estrasse e, quando riaprì gli occhi, la vide di fronte a sé, ai margini del muro meridionale.

Ferma. Grigia. Triste.

Resistette al suo sguardo, anche se bruciava e lo faceva sussultare dentro. Era come tenere le dita dentro la presa della corrente mentre la scarica passava.

E lui la lasciò passare. Tutta.

Insieme all'ultimo ricordo. Quello che non avrebbe mai voluto accettare.

Poi gliela scagliò contro, quella boccetta, e quando la vide attraversare l'ombra di lei e disintegrarsi sulle pietre, cadde a terra privo di coscienza.

Al risveglio, l'immagine di Sandra era svanita.

Non servivano più scuse, droghe o finte verità.

Il lutto era finito. Poteva tornare a casa.

Si ringrazia Galaad Edizioni per la gentile concessione

Il peso del mondo è amore

di Denise Bresci e Ugo Polli

Ouverture

E così splendono intorno tutte le foglie di tutti i verdi all'unisono i suoni di tutti gli uccelli cantano la verde canzone della foresta. Verdi gli insetti ronzanti e gli uccelli piumati e le piccole lucertole e i grandi serpenti e tutte le umide creature gracidanti e verde è la luce verde è l'ombra verde la loro danza nel vento che muove tutte queste foglie prepotentemente verdi. Lontane le scaglie lucenti e affilate scintillano di sole riflesso scorrendo sinuose tra le dolci onde cullanti del golfo del Tonchino su a nord est; sono verdi anche loro. Tutto è verde e vivo e cresce rigoglioso intenso forte luminoso splende la luce calda cola giù dai sorrisi delle colline scorre nelle rughe delle terrazze si nasconde nelle ombre delle felci nelle radici delle mangrovie bacia l'umido muschio si tuffa nel buio del sottobosco giù giù fino al cuore sanguinante dentro la terra.

Più vicino tra il mare dorato di squame brillanti e il sacro canto qui di miriadi di uccelli nelle fresche frondose foreste delle montagne la terra urla ferita squassata le sue viscere aperte sguaiatamente rivoltate mostrano carne corna corpi tronchi tutto ugualmente morto tutto ugualmente semplicemente morto. Gli argentei eleganti eucalipti piangono attoniti le loro foglie le palme in fiamme irradiano stelle infernali perfette nella notte nera. E nero è il fragore ottuso degli elicotteri nero il fumo della sacra terra che brucia; ogni filo d'erba nero ogni foglia nera solo soltanto cenere morta. La vita brulicante in ogni clorofilliana cellula in ogni pulsante sbavante scalciante animale si accartoccia crepitante di fiamme. Polvere e dolore.

E adesso solo gli alberi nessun orizzonte solo foglie rami e fronde e foglie e rami e fronde in basso fango umido e vivo in alto piume e ali. Adesso sulle montagne ogni anima striscia vola ruggisce divora eterna. Casa. Questa è la mia casa sacra casa di foglie di acqua di luce.
Vietnam, 1969.
Siamo tutti fratelli.

Provincia di Kon Tum, catena Annamita del sud – 12 agosto 1969

Dex

Le montagne verdi, a perdita d'occhio, incombono sul villaggio. *Dite che americani arrivano.* La bambina corre e urla. *Uno alto con il fucile di fiamme.* I suoi capelli sono in fiamme, sul viso la carne si sta sciogliendo. Il coniglio che regge fra le braccia è nero, già carbonizzato. *Gelatina che brucia fredda, più calda del fuoco.* Napalm. Un odore terribile. *Dite che sono quattro.*

Bubba dice che c'è una cosa che si chiama entropia. *Dite che Uno è nero, grasso, seduto.*

Significa che quando hai suonato un campanello non puoi de-suonarlo, dice.

Significa che, se hai un acquario e vuoi del pesce fritto, poi è difficile che tu riesca ad avere di nuovo un acquario.

Significa che ci sono cose che fai e puoi rimettere a posto, e cose che non puoi rimettere a posto. Le chiama irreversibili. Come suonare un campanello o premere su un grilletto.

Mentre tutti urlano e corrono attorno a me, io continuo a guardare la bambina consumata dalle fiamme. *Gelatina che brucia fredda, più calda del fuoco.* Devo reagire. Spengo il lanciafiamme e mi volto. *Uno alto con il fucile di fiamme.*

Un fiume di suoni e odori mi avvolge. *Dite che sono quattro.* Chopper e Waltz urlano mentre sparano sui contadini che cercano di uscire da una baracca in fiamme. *Cadiamo, colpiti.* I contadini cadono al suolo senza un lamento. *Noi siamo morti.* Odore acre, di napalm, sigaretta e carne bruciata. *Dite al Drago.* Ridono, ogni tanto sparano un colpo, poi ridono di nuovo, poi sparano di nuovo. *Due ridono, sparano.* Dicono cose senza senso. *Cadiamo, colpiti.* È l'effetto dell'acido, lo stesso che ho preso io, quello che ci ha dato Bubba. *Noi siamo morti.* A me fa un effetto strano: io sento voci. *Dolore, tanto.* Voci strane, in una lingua straniera, in questo cazzo di vietnamita o quello che è. Non le capisco. *Noi siamo morti.* Bubba li guarda fisso e, come al solito, non fa un cazzo. Se ne sta seduto lì, grasso, strabordante, li guarda e guarda me. *Dite che Uno è nero, grasso, seduto.* Guarda attraverso me e loro, come se non ci vedesse, e non fa un cazzo. Lui non l'ha preso, l'acido, secondo me. *Dite al Drago.*

Mi muovo con difficoltà, le bombole piene di liquido infiammabile sulla schiena mi impacciano. Faccio attenzione a non finire sulla linea di tiro e sorrido fra me e me. Se una pallottola colpisce le bombole saltiamo tutti per aria.

Ho ancora negli occhi la bambina e il coniglio. Sembra una cosa sbagliata.

Più tardi ne parlerò con Bubba.
Noi siamo morti. Dite al Drago.

Provincia di Kon Tum, catena Annamita del sud – 9 agosto 1969

Waltz

Dobbiamo andarcene da questo posto. Fosse l'ultima cosa che facciamo, dobbiamo andarcene da questo posto. Sono due giorni che arranchiamo su e giù per il sentiero del fottuto Ho Chi Minh. Dentro e fuori, dentro e fuori. Cerca e distruggi, sì. Cerca di sopravvivere e distruggi quello che puoi. Uccidi nemici. Ovunque siano, ovunque si nascondano, comunque si mimetizzino. Nei tunnel, fra gli alberi, dietro le siepi, nell'erba alta. Anche quelli che li aiutano, contadini con buffi cappelli conici. Gialli. Comunisti. Nemici.

Ci siamo persi. L'elicottero ci ha scaricato in mezzo al casino, II Divisione Cavalleria, III Squadrone, Compagnia Delta. È stato abbattuto da un mortaio di fabbricazione cinese. Comunisti e gialli, stessa razza. Ci siamo ritrovati in mezzo al fuoco incrociato, mitragliatrici, inferno. Falciati, decimati, ritirata, disimpegno. Ne siamo usciti vivi in quattro, tre soldati semplici e un sergente. Niente radio, solo fucili, pistole, munizioni e un lanciafiamme, acqua e cibo. Ci siamo persi sulle montagne Annamite, e non sappiamo tornare indietro.

Io mi sono arruolato per combattere i comunisti. Non ci piacciono i comunisti, a noi, dalle nostre parti. Non ci piacciono neanche i gialli, figuriamoci i negri. Non ho molti amici negri, io. Anzi, ne ho solo uno: il sergente Bubba. Sono contento che è con noi, Bubba. È negro, è grasso come un maiale, ma siamo amici da sempre. Lui ha sempre una parola buona per me, anche se a volte non capisco quello che dice. Il più delle volte, a dire il vero. Sono contento che è con noi. Ci ha detto subito di non preoccuparci, che ci troveranno, che ce ne andremo da questo posto del cazzo. Io ci credo. Deve esserci una via d'uscita.

Non parliamo molto mentre marciamo. Non parliamo affatto. Camminiamo e basta, teniamo gli occhi aperti. Seguiamo Bubba. Lui conosce la strada, non si stanca mai. E poi ha gli acidi.

Provincia di Kon Tum, catena Annamita del sud – 12 agosto 1969

Chopper

Ieri sera, al campo: io ripulivo il fucile, Dex dormiva, Waltz guardava fisso il fuoco. Bubba ci ha raccontato la storia di uno che conosceva, uno che viveva nella sua città.

Questo tizio si era reso conto di avere commesso molti errori nella sua vita e capì che era giunto il momento di spiegarne le ragioni al figlio. Così fece un lungo viaggio, solo per potergli parlare. Ma quando finalmente arrivò, trovò il figlio che dormiva.

Allora lo baciò senza svegliarlo e si voltò.

E tornò a casa sua.

Waltz non ha aperto bocca, ha continuato a fissare il fuoco, borbottando. Lui non regge gli acidi di Bubba. Ho posato il fucile e ho chiesto che cosa significava quella storia e se il tizio aveva poi rivisto il figlio. Bubba mi ha risposto senza guardarmi. Ha detto che significa che noi crediamo di controllare la nostra vita, di percorrere un'autostrada in linea retta, nella direzione che abbiamo scelto. In realtà, ha detto Bubba, stiamo solo scivolando via, scivolando via.

L'ha detto due volte, non so perché.

Ha detto anche che il tizio non ha più rivisto il figlio e che arriva un momento in cui è troppo tardi per rimediare agli errori, per rimettere a posto le cose: allora scivoliamo completamente nel ruolo in cui ci troviamo. E iniziamo a morire.

È una strana storia.

Io ho solo diciannove anni e non so molto di queste cose, però il ragazzino lo avrei svegliato. Un ragazzo dovrebbe sempre ascoltare il proprio padre, anche se ha commesso errori, anche se è distante, anche se è sbronzo.

Mio padre mi avrebbe svegliato. A calci nel culo.

Ho sognato, questa notte. Nel sogno ero un anello di fumo in una giornata ventosa. Sapevo che non sarei tornato a casa fino a chissà quando e che forse non sarei tornato del tutto. Allora tentavo disperatamente di non disperdermi, di non impazzire. Ma non ci riuscivo.

Poi Dex mi ha svegliato, è ancora buio. È il mio turno di guardia.

È mattina, ora. Esco dalla radura, fra gli alberi, per pisciare. Gli altri dormono. Tengo d'occhio la situazione mentre tiro fuori l'uccello. Ieri, prima di accamparci, abbiamo visto un villaggio poco distante, poche capanne e un pozzo in mezzo al niente. Waltz dice che è uno di quei posti dove si nascondono i comunisti, i vietcong, i nordvietnamiti. Dice che i contadini li assistono, li nascondono, li nutrono e poi, quando arriviamo noi, fanno finta di essere poveri contadini che non sanno un cazzo e che si spezzano la schiena per un tozzo di pane. Waltz le sa, le cose. È qui da tanto tempo. Bubba invece non dice niente, da ieri sera.

Sa perfettamente che cosa abbiamo intenzione di fare.

Ha già pronti gli acidi.

Provincia di Kon Tum, catena Annamita del sud – 12 agosto 1969

Waltz

È come un rituale. Abbiamo caricato le armi e stiamo seduti in circolo, Bubba nel mezzo. Dà a ciascuno di noi un piccolo cartoncino quadrato e colorato. Lo metto sotto la lingua, faccio attenzione a non ingoiarlo e aspetto. Sapore di ferro in bocca, nelle gengive, nei denti. Aspetto. Aspetto che i colori siano più vividi, che i rumori esplodano. Aspetto l'esplosione. Che arriva. Arriva contemporaneamente per tutti, come un orgasmo simultaneo. Ora è tutto chiaro, anche a me. Siamo una persona sola, abbiamo uno scopo solo. Nessuna strategia. Usciamo urlando dalla foresta, i colori ci assalgono, esplodono, il canto dei grilli è una fucilata, le fucilate sono esplosioni. Nessuna cautela, siamo immortali. Mi volto e vedo Bubba, alle nostre spalle, che esce piano dalla foresta e si siede pesantemente. Ci guarda benevolo, siamo i suoi figli, lo renderemo orgoglioso, lo sappiamo, lo sentiamo. Alzo il pugno nella sua direzione e corro verso il villaggio, insieme agli altri. Urlo frasi che non comprendo, e rido. Faremo ciò che deve essere fatto. Lo stiamo già facendo.

Dex ha azionato il lanciafiamme, brucia le capanne a una a una. È bellissimo. Io e Chopper ci fermiamo a guardare, mentre i contadini escono correndo. Alcuni sono in fiamme. Prendiamo la mira con cura. Quando li colpiamo cadono. Noi li colpiamo ancora, perché sappiamo che non sono davvero esseri viventi. Sono mostruosi piccoli esseri gialli comunisti nati dalle fiamme che non devono raggiungerci e non devono sfuggire. È per questo che siamo qui. Ho una parola in testa, che rimbomba nel mio cranio. È una parola che mi avvolge, che mi comprende, che definisce me e quello che sto facendo, quello che stiamo facendo tutti. È una parola che mi fa sentire bene, mi fa sentire a posto.

Gloria.

Dex spegne il lanciafiamme, si volta e torna verso di noi. Lo salutiamo sparando in aria.

Gloria.

A terra decine di corpi bruciati, irriconoscibili.

Gloria.

Li calpestiamo tornando tutti insieme verso Bubba, che non si è mosso di un millimetro. Sembra che stia ascoltando voci che noi non riusciamo a sentire. Muove le labbra piano, come se pregasse, come se rispondesse, come se cantasse, come se benedicesse. Lo aiutiamo ad alzarsi e torniamo al campo, tutti insieme. La missione è compiuta.

Gloria.

Ora dobbiamo soltanto trovare la strada di casa.

Provincia di Kon Tum, catena Annamita del sud – 16 agosto 1969

Chopper

"Come gli uccelli che si raccolgono sugli alberi di pomeriggio e poi quando scende la notte tutti svaniscono, così sono le separazioni del mondo". L'ha detto Bubba, l'altro giorno, al villaggio. Guardava quei fazzoletti colorati, pendevano lungo un filo. Li avevo visti già da lontano, prima dell'attacco: correvano tra una casa e l'altra ma ora toccavano quasi terra e si alzavano leggermente quando soffiava il vento. L'altra casa era solo cenere. E Bubba era lì, grasso e immobile, li guardava uno alla volta e muoveva le labbra: quando mi sono avvicinato, ha alzato lo sguardo e poi ha detto così, questa frase degli uccelli sugli alberi che sembrava non entrarci niente con tutti quei morti e l'odore della carne che bruciava. A volte Bubba è così, dice cose strane. Poi mi ha dato uno dei fazzoletti, staccandolo dal filo. Era giallo con delle piccole righe nere disegnate. Io l'ho messo sopra il taglio di stamattina: ci mancavano queste cazzo di piante spinose e ora mi è pure toccato ritirare giù le maniche, con il caldo che fa.

A me questa frase degli uccelli mi ha fatto pensare alla festa che mi hanno organizzato per salutarmi. Anche lì c'era questo odore di carne sul fuoco, ma lì era da mangiare, la carne. È stata una festa bellissima, anche se non mi ricordo tutto perché quella notte ho bevuto davvero tutto il vino della California. Eravamo tutti alla baracca di Japhy, quella su, sopra la spiaggia, e continuavano ad arrivare persone e le ragazze, quando arrivavano, si toglievano le magliette e c'era tutto questo continuo entrare e uscire: gente che andava fuori a cuocere e mangiare le salsicce, gente che entrava e si accomodava in due, in tre sulle stuoie sul pavimento e si abbracciava e si baciava e scopava. E io guardavo tutto e bevevo e pensavo se l'oceano avrebbe avuto lo stesso colore visto dall'altra parte, se per compiere il mio dovere valeva la pena non essere più lì, a spassarmela con i miei amici e tutte le ragazze. E ora, come gli uccellini di Bubba, ci siamo separati tutti e ogni tanto – anche se Bubba dice di stare tranquilli e cazzo se non lo sa lui – mi chiedo se rivedrò mai la mia casa o anche solo il campo base.

Continuiamo a puntare a est, ma non arriviamo da nessuna parte. A est c'è il mare, è l'unica certezza. È come a casa, ma a rovescio. Tutto è a rovescio, non c'è niente che somiglia a quello che conosco. Quando piove, ti sembra di affogare nel fango. Quando c'è il sole, ti sembra di avere addosso appiccicate tutte le foglie che esistono. Che cazzo di posto. Meno male che Bubba di acidi ne ha un casino, non voglio certo impazzire in questa specie di giungla su queste cazzo di montagne. L'altro giorno abbiamo visto un cervo. Se ne stava lì, immobile, bellissimo, quasi irreale: sembrava proprio come i nostri cervi, sembrava uguale. Quella testa, sopra le felci enormi, guardava, come se si fosse affacciata da un balcone: ho pensato che magari il cervo era davvero a casa, era davvero un cervo americano, e guardava qui; una creatura mostruosa con le zampe in America e il collo attraverso l'oceano e la testa che spunta tra tutti questi maledetti alberi e mi guarda. Stavamo per sparargli, ma Bubba ci ha detto che così ci avrebbero sentito e allora niente arrosto, cazzo. È che sono stufo di quelle schifezze che mangiamo. Se ci fermassimo da qualche parte abbastanza a lungo potremmo mettere delle trappole per i conigli. I conigli ci sono, anche se sono strani anche loro. Secondo me sono buoni lo stesso, però. Io me lo mangerei un coniglio. Mi sparerei un acido e mi mangerei un coniglio. Certo il cervo era senz'altro meglio.

Comunque io non ci capisco un cazzo. Perché non riusciamo a trovare la base? Perché non arriviamo mai? Sarà almeno una settimana che camminiamo, salita, discesa, più salita che discesa, direi. Che poi, secondo me, dovremmo solo scendere: se continuiamo a salire come facciamo ad arrivare al mare? Il campo base non è mica sui monti, cazzo. È che qui la discesa va via in un attimo e poi bisogna risalire. E poi di nuovo e di nuovo. Ogni volta che saliamo su una collina pensiamo di vedere qualcosa che ci dirà che siamo vicini, che stiamo facendo la cosa giusta: invece, quando arriviamo in cima, tutto quello che si vede sono colline, colline, un mare di colline, prima verde più scuro, poi più chiaro, poi grigio. Quando non c'è la nebbia. E così puntiamo la bussola e scendiamo e poi risaliamo e scendiamo e risaliamo e ancora guardiamo e ancora ci sono solo queste stupide montagne verdi che mi ricorderò per sempre.

Spero di fare il trip del deserto, stasera, perché mi piace tanto. Mi ricorda quando siamo andati tutti nello Utah con la macchina che Japhy aveva preso a suo zio. Tutta la notte dritti verso il deserto e poi l'alba: là Japhy ha detto – me lo ricordo perfettamente – *la luce rossa sman-*

tella a martellate il manto freddo della nostra notte ubriaca e io ho visto tutto rosso e ho sentito le martellate, davvero, e poi di colpo mi è sembrato di essere solo al mondo, solo io e Dio.

E pensavo che Dio mi amava e mi avrebbe amato per sempre, proteggendomi, aiutandomi. Il suo occhio su di me. Ma ora, in questa foresta, penso che forse Dio non riesce più a vedermi bene, troppi tronchi, rami, foglie, cespugli. Non si vede un cazzo.

È per questo che mi piace quel trip e glielo dico, a Bubba – dammi quello del deserto – e io lo so che è solo fortuna, ma incredibilmente eccolo di nuovo, è proprio lui.

Miliardi di granelli d'oro rosso risplendono di una luce diffusa – non riesco a capire da dove viene – e il vento li solleva in strane fantasmatiche figure di polvere – appaiono e scompaiono, rapide – eppure riesco a vederle in tutti i particolari. Il tempo è sempre strano qui, un cavallo impazzito che cerco di cavalcare… fino a che ho il culo per terra – lì finisce sempre il trip, con il culo per terra.

Ci sono anche Dex e Waltz e c'è Bubba. Bubba è diverso, sembra allo stesso tempo più giovane e più vecchio di come è ora; è molto più magro – sembra un ragazzo – e il suo viso è strano, fisso, quasi scolpito nella pietra. Ha un'espressione come quella dei vecchi che sembra che delle cose che fai non gliene frega niente.

In realtà anche gli altri mi sembrano strani e infatti quando li guardo bene siamo bambini e stiamo giocando nella sabbia rossa con dei camioncini, delle scavatrici, delle gru giocattolo. Scaviamo, trasportiamo, costruiamo case, ponti, strade. Tutto splende intorno a noi e io sono felice come posso solo ricordare di essere stato.

A un certo punto, però, la luce si offusca e i colori, d'improvviso, diventano opachi; intorno a noi, in piedi, ci sono di colpo altri bambini ma dal basso noi vediamo solo le loro ombre nere. Allora provo ad alzare la testa, ma non riesco a vedere le facce: anche i corpi sono solo ombra. Ho paura e mi giro verso i miei compagni e vedo che solo Bubba è rimasto uguale, noi siamo diventati bambini ancora più piccoli.

Cerco di parlare, ma non riesco a parlare – non ho ancora imparato – ho ancora più paura – solo un suono sbavante *uaua uaua* – proprio come chiamavo mia mamma – e penso *proprio come chiamavo mia mamma* – e i ragazzini fatti di ombra ci guardano e parlano tra loro e io non li capisco e ho sempre più paura e loro guardano Bubba e alla fine Bubba si alza – è più grande di tutti è più grande di come sarebbe un adulto con dei bambini intorno è proprio enorme – e un vento fortissimo spazza via i bambini d'ombra e tutta la sabbia dorata adesso è cenere e io mi tiro su di scatto e il fuoco si è spento e ho tutta la cenere sugli occhi.

Cazzo, sono di nuovo stato sbalzato fuori. Mi guardo intorno. I nostri fucili e il lanciafiamme sono scomparsi.

Dex

Sabbia e sassi, tutto intorno. Mi aspetterei di vedere una lucertola, un serpente, un cactus. Niente. Sabbia e sassi sparsi, macigni, ovunque. Gli altri sono vicini a me, Waltz è sdraiato e fissa il cielo, Bubba, in piedi, ondeggia. Qualcosa si muove, al margine del mio campo visivo. Mi volto e la riconosco. È una figura piccola, una bambina, tiene in braccio un coniglio. Mi saluta e mi fa segno di avvicinarmi. Vuole indicarmi qualcosa. Mi avvicino, qualche passo, la vedo meglio nella strana luce del deserto. I suoi capelli sono in fiamme, solo i suoi capelli. Mi sta indicando qualcosa. È uno strano oggetto, grande, metallico, una specie di automobile senza ruote, con un'antenna sul tetto. Non ho mai visto una cosa del genere. La bambina indica l'oggetto e indica me. Sorride.

Mi gira la testa. Mi siedo, stordito, e chiudo gli occhi. Solo pochi minuti, penso fra me e me. Solo il tempo di riprendere le forze.

La mattina dopo mi sveglio nella foresta, nell'accampamento. Il fuoco è spento, gli altri dormono. A parte Waltz.

I nostri fucili e il lanciafiamme sono scomparsi.

Waltz

Intorno a me il deserto. Non c'è nessuno, a parte Chopper, Dex e Bubba. Sono strani, sono eterei, sembrano spiriti. Sto sognando, lo so, nei rari momenti di lucidità me ne rendo conto.

Io i deserti li ho sempre odiati. Mai visto uno dal vivo, certo, solo al cinema. Qui però sto bene. Vedo colline all'orizzonte, sabbia, sassi sparsi sul terreno. Rimango sdraiato a contemplare il cielo. È strano, non è del solito colore, non saprei dire di che colore è. Non è azzurro e non ci sono nuvole. Cerco di chiamare Dex e Chopper ma non emetto alcun suono. Quasi non riesco a vederli. Dalla mia posizione riesco a vedere bene soltanto Bubba. È in piedi e si muove lentamente, ondeggia, deve essere l'effetto dell'acido. Non riesco a muovere un muscolo, non voglio muovere un muscolo. Sto bene, qui. Non voglio muovermi, non voglio tornare indietro.

Mai più.

E invece inizio a tornare. Vedo ombre intorno a me, il paesaggio desertico tremola e si fa più scuro, sempre più scuro. Non sono più in un deserto, quelli che vedo sono alberi, giungla, notte, il fuoco del nostro accampamento. Bubba è sempre in piedi, nella stessa posizione, ma non ondeggia più. È immobile, i pugni lungo i fianchi. Guarda fisso davanti a sé.

Ora li vedo anche io.

Sono quattro, come noi. Piccoli, hanno buffi caschi in testa e i fucili spianati, le baionette montate. Esercito Popolare Vietnamita. Ora voglio muovermi, urlare, afferrare il fucile. Ma non posso. Non posso muovermi, non posso urlare. Posso solo guardare e aspettare. Respiro affannosamente, ora, sudo, le pulsazioni accelerano. Ho paura, molta paura. So che sto per morire. O peggio. Non fa nulla. Posso solo guardare. E aspettare.

I quattro si avvicinano a Bubba. Sono cauti e tengono i fucili puntati a terra. Bubba muove le labbra, come fa a volte, senza emettere suoni. Poi smette. Inspira, forte. Emette quattro suoni, quattro parole incomprensibili esplodono nella notte, sembra che anche gli alberi ne siano scossi. Io non riesco a sussultare, ma vorrei. I nordvietnamiti chinano il capo, posano le armi. Uno di loro si avvicina a Bubba. Ripete le stesse quattro parole, con gli stessi accenti. Bubba annuisce. I vietnamiti raccolgono le nostre armi e le loro. Si allontanano nella foresta, camminando all'indietro, senza voltargli mai le spalle.

Sono di nuovo nel deserto. È stato solo un sogno, un incubo. Questa è la realtà, ed è bellissima. Il sole è caldo sulla mia pelle, e ora posso muovermi. Posso parlare, anche se non ne ho voglia. Mi volto su un fianco e mi addormento.

La mattina dopo mi sveglio nella foresta, nell'accampamento. Il fuoco è spento, gli altri dormono.

I nostri fucili e il lanciafiamme sono scomparsi.

Provincia di Kon Tum, catena Annamita del sud – 19 agosto 1969

Dex

Oggi è successo qualcosa, forse davvero ci stiamo avvicinando alla fine. Sono pieno di speranza, sono contento. Mi sembra che il mondo stia tornando normale, davvero.

Chopper è scivolato ed è stato trascinato via dal torrente – lo stesso stramaledetto torrente che abbiamo continuato ad attraversare e riattraversare negli ultimi due giorni – e quando è riemerso, bagnato e incazzato, quasi sul ciglio dello strapiombo, ha detto che ha visto qualcosa. Ha visto uno di quei cazzo di campi di riso, e un viottolo. E dove c'è il riso, e il viottolo, c'è un villaggio. E dove c'è un villaggio, c'è cibo. E acqua pulita, magari. E qualcosa come un letto, un tetto. Non se ne può più di questa cazzo di foresta, di dormire nel fango. E di mangiare merda. L'acqua ormai sa solo di latta.

Allora Chopper ha portato Bubba al punto da cui aveva visto il campo e Bubba, quando li ha visti, il viottolo e il campo, lo ha guardato dritto negli occhi e gli ha chiesto se era proprio sicuro, se era proprio sicuro di volerci andare. Chopper gli ha detto di sì, perché quello era il sentiero di casa, ne era sicuro, aveva un presentimento. Me lo ha raccontato proprio Chopper mentre continuava a ridacchiare come un pazzo. E poi Bubba, quando sono tornati, lo ha detto anche lui, che ora saremmo andati a casa. E io ci credo.

La discesa non è stata facile, il pendio era ripido, scivoloso, praticamente ci siamo buttati giù dal versante più scosceso: camminando come avevamo fatto finora, sempre spingendoci sulla cresta per vedere meglio, non avevamo visto la valletta nascosta, lì sotto. Pensiamo che ora che siamo scesi, quando avremmo raggiunto la risaia e il viottolo, entreremo al villaggio senza fare casino, con le mani alzate in segno di pace. Tanto di armi ci sono rimaste solo le pistole. Pensiamo che ci aiuteranno, ci daranno da mangiare: non ci saranno maledetti vietcong qui a spararci addosso da sottoterra. Magari avranno anche una radio e potremmo farci venire a prendere. Quando torniamo al campo base, per prima cosa, voglio una cocacola e una sigaretta fatta come si deve. E una doccia calda. Intanto mi prendo un bell'acido da Bubba. Lui dice che resta fuori dal villaggio, che ci raggiunge dopo. Sono contento che ci copra le spalle.

Waltz

Non sono sicuro di quello che facciamo. Bubba ha detto di non preoccuparsi, ma intanto è rimasto indietro. Comunque io mi fido di lui, anche se è negro, è un mio amico e intanto ci ha portato al sicuro. Qui ci sono solo bambini, e vecchi. Ho visto anche qualche donna: a me non piacciono questi musi gialli, però alcune sono davvero carine e poi tutte ci sorridono. Sembrano tutte delle bambine a qualche cazzo di festa della scuola. Il viottolo ci ha portato fino al pozzo al centro del villaggio: intorno ci sono poche capanne, molti fiori, tante ceste e cestini pieni di foglie, cataste di legna. C'è una capanna più grande, la parte di sotto è di pietra e il tetto è perfettamente curato; alcuni fili la collegano ad altre capanne e sui fili ci sono delle bandierine colorate, sembra la fiera di St Louis, solo che qui le bandierine sono quadrate e ci sono sopra dei disegni. Davanti alla porta di questa casa più grande c'è la statua di un tipo grasso come Bubba, però invece di essere nero è dorato. Un vecchio ci invita ad avvicinarci, ci sediamo per terra, vicino a lui, sul prato così curato che sembra quello del mio vicino di casa. Chopper sorride a un ragazzino e questo scappa via.

Chopper

Il ragazzino torna con delle piccole coppette, ce le mette in mano. Poi corre via di nuovo. Il vecchio gli grida qualcosa. Quando torna ha una brocca grande, la tiene con due mani, pesa. È l'acqua più buona che abbia mai bevuto. Poi arriva un altro ragazzino e ha con sé un vassoio colorato e sopra ci sono tre ciotole grandi, sono colme di riso. Lo mangiamo con le mani e tutti diciamo che non avevamo idea che il riso potesse essere così squisito. Io penso che Dio mi sta vedendo di nuovo, che è lui che ci ha guidato qui: un piccolo angolo di paradiso. Questo posto è così bello che inizio a pensare all'offerta dello zio Ho: cosa può volere, un uomo, che valga più di un bufalo e di un pezzo di terra intorno alla sua casa? In fondo, abbiamo dato così tanto: ora è giusto che gli angeli mi portino da mangiare e da bere. E poi vorrei dormire, solo un piccolo sonnellino prima di prendere la strada di casa. Noi da qui andiamo a casa, ora ne sono sicuro.

Dex

Bubba è uscito dalla foresta e viene verso di noi. I vietnamiti lo guardano passare in mezzo a loro e rimangono immobili. *Vieni, Figlio del Drago.* Ho una strana sensazione. Ci alziamo in piedi, tutti e tre insieme. Bubba viene verso di me. Nei suoi occhi solo compassione, e amore. Mi abbraccia. Mi dice parole che non ho mai sentito, che sono solo mie, che sono fatte per me. *Vieni, Figlio del Drago.* Mi dice parole *vere*. Io le capisco, tutte, anche se non saprei ripeterle. Poi si stacca e abbraccia Chopper. E io lo guardo e comprendo.

Comprendo che non l'ho mai visto, non prima di due settimane fa. Non è mai esistito un sergente Bubba, nella nostra compagnia. *Vieni, Figlio del Drago.* Non era un amico d'infanzia di Waltz, non abbiamo fatto l'addestramento insieme. Non esistono marines così grassi, non possono esistere. È comparso dal nulla e sta per tornare nel nulla. Perché il suo compito è finito. Almeno con noi.

Bubba abbraccia anche Waltz, poi si allontana di qualche passo. Allarga le braccia, dice: "Siamo tutti fratelli" o forse dice: "Il peso del mondo è amore". Forse dice entrambe le cose, non so.

So che, appena pronuncia queste parole, lui sparisce e la realtà si sgretola.

Il villaggio è un cumulo di macerie incenerite *incenerite da te* un ammasso di cadaveri semidecomposti *uccisi da te* cani si aggirano fra le capanne, scrutano dentro il pozzo in cerca di cibo *morti per fuggire da te*.

Ora è tutto chiaro, è così che deve finire. Sento due esplosioni, una alla mia sinistra, l'altra alla mia destra. Afferro la pistola, un movimento solo, veloce, senza pensare. Il sapore freddo, metallico della canna in bocca mi ricorda quello dell'acido.

Provincia di Kon Tum, catena Annamita del sud – 19 agosto 1969

Paul

Un mare verde sotto di noi, sopra di noi le pale del rotore. Imbracciamo i fucili, pronti a saltare giù non appena l'elicottero si poserà. Il pilota ha individuato una radura, inizia la discesa in verticale. Alzo la mano destra per indicare agli altri tre di tenersi pronti, come se ce ne fosse bisogno. Appena tocchiamo terra abbasso il braccio e saltiamo giù tutti e quattro, il fucile in pugno. Ci muoviamo veloci, nell'erba alta fino al collo. Ci hanno segnalato che la zona è sgombra ma la prudenza non è mai troppa.

Arriviamo in vista del villaggio, o di quello che ne resta. Frank e Mike rimangono in copertura, il mio ordine è di sparare su qualsiasi cosa si muova. Faccio un cenno a Jack e ci inoltriamo con cautela fra i resti inceneriti della capanne. E fra i cadaveri, che sono dappertutto. Ci avviciniamo al pozzo e guardiamo dentro. Jack si volta e inizia a vomitare. Io continuo a guardare. Ci sono almeno quattro cadaveri là, sul fondo. Si sono calati dentro per sfuggire alla strage e ci sono riusciti. Non sono più riusciti a risalire, però, e non c'era nessuno che potesse tirarli fuori. Sono morti di fame.

Frank e Mike si stanno avvicinando, sempre in copertura: continuiamo la perlustrazione, anche se sembra incredibile che ci sia qualcuno in vita qui intorno. O nel resto del mondo.

– Che cazzo è successo qui, capitano? Sono stati i Charlie? – mi chiede Jack.

Lo guardo. È un cretino, lo so. Non gli rispondo neppure. Anzi, sì, mi incazzo.

– Hai mai visto un viet col lanciafiamme? Hai mai visto un viet col lanciafiamme che incendia un villaggio pieno di viet, con vecchi e bambini dentro? Dimmi, sono curioso, perché per me sarebbe la prima volta.

Si offende e guarda a terra. Questa è roba nostra, ovvio, non c'è nemmeno bisogno di dirlo. Noi siamo i buoni, qui, giusto?

Qualche volta.

E qualche volta no.

Li troviamo dietro una delle capanne, sotto le bandierine di preghiera, quelle colorate con le scritte incomprensibili. Si sono sparati in bocca, tutti e tre. Sono morti da poche ore. Strano. I viet sembrano morti da una settimana o giù di lì. Controllo le medagliette. II Divisione Cavalleria, III Squadrone, Compagnia Delta. Quella che è stata annientata due settimane fa vicino a Dak To. Non tutta, evidentemente. Non capisco.

Una voce profonda, dietro di me.

– Hanno commesso errori e non li hanno compresi. Poi li hanno compresi tutti nello stesso momento. Il peso del mondo è amore.

Mi volto e la sagoma enorme del sergente Bubba incombe su di me. È uno in gamba, Bubba, i ragazzi lo adorano, anche se è nero e grasso e spesso non si capisce quello che dice. Ha raccolto una bandierina di preghiera, la tiene in mano e sembra che abbia appena finito di leggere ad alta voce quello che c'è scritto sopra.

– Ora che facciamo, Bubba? Che ne dici, come torniamo alla base?

Lui mi guarda, con gli occhi stanchi eppure profondi, così profondi.

– Torniamo a piedi, come siamo venuti, no? Seguitemi, conosco la strada.

È uno in gamba, Bubba. Sono contento che sia con noi, non mi fiderei di nessun altro. Se c'è un modo per uscire di qui e tornare a casa, di certo lui lo conosce. Sorrido a Jack, gli allungo una pacca sulla spalla. Siamo tutti fratelli, no? Lo dice sempre, Bubba.

Poi mi metto in marcia, assieme agli altri.

Finale

La fine. L'inizio. I ragazzi sono impazziti tutti hanno cavalcato il vecchio serpente dalla pelle di ghiaccio hanno incontrato inconsapevoli la fine di tutti i giorni hanno tentato di morire. Ora sono in pace.

Non sono io il mostro che calpesta i cadaveri ballando al rumore della guerra nella testa; non sono io che strappo le risate dei neonati dal tenue panciuto velo dell'esistenza.

Sono una statua cieca con il sorriso sulle labbra, cerco solo di completare tutte le creature. Ho strisciato giù dalle montagne, ho dormito per anni sotto il mare, ho lasciato la dolce umida scintillante casa del Drago, la tua casa, Padre, portando con me una coscienza per essere separati e una per vedere: questo è il mio dono di smeraldo. Siamo i Cinquanta e i Cento, gli Uni e gli Altri, siamo tutti siamo nessuno. Sono le piume e il fuoco e la sacra acqua e le sante foreste.

Il tuo sangue, Padre, scorre nei fiumi e le grandi ali della Madre proteggono le montagne e io sono qui luccicante di luce abbagliante brillante sfolgorante per spalancare migliaia di occhi ciechi sull'abisso bianco di ossa sono qui per cantare la dolce trillante canzone della vita nelle orecchie assordate dai mortai sono qui per estinguere il fuoco freddo che non può essere estinto nemmeno da tutte le Tue acquose spire, sono qui per abbracciare chi non riesce a portare il peso del mondo. Sono qui e saremo sempre qui a proteggere la nostra terra.

Vietnam, 1969.

NASA Image ID Number: 12B069-1

IMMAGINE CLASSIFICATA / RISERVATA / NON DIVULGARE
Vista a colori del Bacino Chryse, direzione NO – Viking 1 Lander
Dati generali
Data/Ora (UT): 30-08-1976
Distanza (km): 0.0037
Latitudine/Longitudine (gradi): 022.27 N, 49.97 W

Dati sull'immagine
Tipo: Fotografia scattata dal Lander, superficie.
Strumento: Viking 1 Lander Scanning Camera 2
Risoluzione dello strumento (pixels): 512 verticali, 6 bit
Filtro: Non disponibile
Angolo di incidenza dell'illuminazione: (gradi): Non disponibile

Descrizione dell'immagine:
Panoramica del Bacino Chryse, ampia e bassa pianura ricoperta di grandi rocce, sabbia e polvere. Il grande oggetto bianco in basso a sinistra e al centro, con la bandiera americana sul lato, è la copertura del generatore termoelettrico a radioisotopi (RTG).

A una distanza di circa 20 metri dal Lander, causa effetto ottico dovuto a riflessione / rifrazione o causa rumore sul canale, sono visibili n. 3 figure identificate come segue:
n. 1 marine in divisa, in piedi, assetto da guerra;
n. 1 bambina, asiatica, a circa 3 metri dal soldato;
n. 1 coniglio striato annamita.
A una distanza di circa 50 metri dal Lander, causa effetto ottico dovuto a riflessione / rifrazione o causa rumore sul canale, sono visibili n. 3 altre figure, non identificabili con precisione.

Data la natura dell'immagine è fortemente sconsigliata la diffusione

FIRMATO (OMISSIS)

APPROVATO (OMISSIS)

IMMAGINE CLASSIFICATA / RISERVATA / NON DIVULGARE

Si ringrazia Cordero Editore per la gentile concessione

Tornare a Cape Cod

di Giovanni De Matteo

La copertina mostra una distesa di dune rosse. Il primo piano è dominato da un distributore di benzina, una pompa dal design retrò. La strada curva sotto un cielo di cobalto, e questo è il secondo elemento nel panorama che allontana dai pensieri umani l'idea di un paesaggio marziano. Ma forse, dopo un adeguato processo di ingegneria planetaria, anche Marte potrebbe arrivare a somigliare a questo scorcio, nelle sere della primavera più tarda o del primo autunno. E la presenza di coloni umani potrebbe allora giustificare la pompa di benzina in mezzo a questa desolazione di ruggine...

Sulla prima pagina del quaderno è stato tracciato a penna uno schizzo abbastanza accurato di un minuscolo villaggio di mare: poche capanne e alcune palme, raccolte in riva a un oceano nero come il cielo. Non si capisce se sia giorno o notte.

Lì accanto, una grafia incerta ha scribacchiato alcuni versi:

No one is on my wavelength
I mean, it's either too high or too low
That is, you can't, you know, tune in – but it's all right
I mean it's not too bad

E annotato una data: *settembre-ottobre 1966*. Versi dimenticati, trascinati via dalla risacca del tempo.

– Conosciamo molto bene il suo lavoro, signor Lazard.

Erano gli unici due avventori nel Cielo di Parigi, al cinquantaseiesimo piano della Torre di Montparnasse. La città sotto di loro era un miraggio di pietra e di vetro, colpiva con la stessa tenacia di un sogno che persistesse oltre le porte dell'alba, al di là delle distanze notturne. Era metà pomeriggio e il sole baluginava sui tetti verdi e blu e baciava il monumentale candore del Sacré-Cœur.

Lazard sorseggiò il mojito che gli era stato appena servito da un cameriere muto. Per la sua interlocutrice, un calice di vino bianco. Il profumo francese che la avvolgeva doveva essere un'essenza fuori dalla portata di tasche mortali, Lazard ci avrebbe scommesso. E anche se l'ora non era quella di punta, non si sarebbe sorpreso se la sala fosse stata interamente riservata a loro due.

Fin dal primo incontro al Musée d'Orsay, Lazard aveva sospettato che Madame Thiebaut potesse fare affidamento su una disponibilità finanziaria che sconfinava nell'astrazione. Lei lo aveva intercettato durante il ricevimento di inaugurazione della retrospettiva su John Atkinson Grimshaw e gli era stata presentata direttamente dalla curatrice dell'esposizione. Ma dubitava che Ludivine le avesse anche solo accennato la natura reale del loro rapporto. Eppure ora si trovava lì, a centonovantasei metri di quota, ad ascoltare Madame Thiebaut mentre gli rivolgeva oscure allusioni.

– E quello che ha fatto con Grimshaw ha dello stupefacente.

Lazard interruppe un sorso a metà.

– Non faccia così. D'altro canto, non siamo interessati a lei per la modestia. La sua collaborazione con Madame Blanchard ha segnato una pietra miliare nel campo della ricerca. Ben tre quadri inediti del sublime John Atkinson Grimshaw...

– Temo che ci sia stato un equivoco – si schermì Lazard. – Io sono stato solo un intermediario.

Madame Thiebaut lo esaminò con sguardo paziente. Aveva begli occhi azzurri e un viso ovale esaltato dall'acconciatura a chignon. – Monsieur Lazard, non giriamoci intorno. Grazie all'interessamento dei miei clienti ho avuto modo di seguire attentamente il suo operato. Vede, io sono solo una consulente. O, se preferisce, un'emissaria. Per esempio, ho molto apprezzato quello che ha fatto con Jack Vettriano. Quanto le è valso quel lavoretto per la sua personale, giù a Hong Kong?

In silenzio, Lazard cominciò a considerare velocemente le possibili vie di fuga. Le Ciel de Paris era diventato d'un tratto una gabbia di cristallo, una trappola chiusa sui suoi pensieri. Un dirigibile incrociava sopra la Senna, tra la mole solenne del Pavillon de Flore e il profilo non meno sontuoso che era stato della Stazione d'Orsay. Comunque troppo lontano per poterlo afferrare al volo... Lazard scosse la testa in segno di resa.

– I cinesi sono di bocca buona...

– Ma ciò non toglie che lei sia un vero maestro – replicò Thiebaut, senza scomporsi. – Quello che mi ha convinta infine a contattarla è stato il lavoro sulla luce della sua ultima impresa. Il modo in cui riesce ad animare il colore.

Sul biglietto che gli aveva lasciato alla fine del loro primo incontro c'era un nome proprio: Gabrielle. E scarne informazioni, per lo più generiche. Magari era davvero una consulente. Di sicuro parlava da esperta: se era tutta una messa in scena, doveva essere stata addestrata bene.

– Non si limita a falsificare – insisté la donna, dopo aver preso il primo sorso di vino dal suo bicchiere. – Lei *ricrea*. E in questo rivela un potere immenso: dimostra di avere assimilato molto più della tecnica. Vogliamo chiamarla *essenza*? O magari preferisce *spirito*?

– Un po' troppo altisonante, per i miei gusti.

– Bene, penso di essermi spiegata. È questo suo talento che ci interessa. Il suo *tocco*.

– Cosa dovrei fare?

– Il mio committente paga bene, come avrà capito. Ci penserà lui a illustrarle il progetto. Lo vedrà al massimo solo un'altra volta, quando avrà portato a termine il lavoro. Di tutti i dettagli, logistici o economici, mi occuperò in prima persona.

– Quando lo vedrò?

– Domani sera. Abbiamo un volo per New York alle 7 di domani. Atterreremo al JFK, di lì proseguiremo in treno verso nord. A Boston troveremo un'auto ad aspettarci. Abbiamo allestito già tutto l'occorrente. Si troverà bene, vedrà.

Lazard finì di bere il cocktail. Masticando i resti delle foglie di menta, cominciò a costruire supposizioni su quale potesse essere l'oggetto di quel singolare incarico.

Quante volte Lazard aveva sognato di svegliarsi in camere estranee, appena sfiorate da una luce dal sapore metafisico? C'era un letto, sempre allineato con la parabola del sole. A volte aveva la sensazione che ogni suo sonno avesse compreso un passaggio in una di queste stanze: quella delle digressioni filosofiche, con la finestra aperta sul pomeriggio di una distesa di colline scavate dal vento e dall'acqua; quella incorniciata dal crepuscolo di un'estate in città, pareti grigie capaci di chiudere in lontananza il caos di New York, affidando le vicissitudini di coppia a un silenzio di cemento, carico di dolore, di implicazioni, di accuse reciproche; quella di un motel perduto nelle immense lande solitarie dell'Ovest, con lo sguardo indecifrabile di una madre – carico di senso di colpa o solo schiacciato dal peso di risposte che non può dare – che ci fissa dal bordo del letto, davanti alle valigie ancora da disfare.

Ogni volta era uno stadio diverso della vita che sembrava destinato a essere ricapitolato nell'esperienza della stanza.

Ma capitava talvolta che Lazard si svegliasse in preda a una tale confusione che tutti i diversi sogni elaborati su quella stanza remota, sempre la stessa ma ogni volta diversa da se stessa, avrebbero potuto essere condensati in un'unica esperienza onirica, amplificando la portata straniante delle esperienze prese singolarmente.

Non poteva fare altro che contemplare il silenzio, in quelle stanze. Erano gabbie per i suoi pensieri, trappole psichiche. E tutte le volte solo il risveglio riusciva a tirarlo fuori di lì.

Mentre l'auto attraversava i campi irrorati dal sole del pomeriggio – luce che scivolava morbidamente verso le onde dell'oceano – e oltrepassava sparuti casolari e colline addormentate, con i fari che ammiccavano dalla costa dell'Atlantico, le spirali delle sue elucubrazioni finirono per convergere su un'unica figura possibile. Era un nome che non osava formulare, forse per scaramanzia, forse solo per rispetto verso la grandezza dell'artista. Ma era incontestabile che l'auto stesse scorrendo lungo il nastro d'asfalto di quella che avrebbe potuto essere *High Road*. I pali della distribuzione elettrica si succedevano davanti ai suoi occhi in un tentativo subliminale di forzare il codice dei pensieri, inducendolo in qualche stato di trascendenza o di regressione innaturale.

Per quanto ne sapeva, la rete elettrica della zona poteva essere rimasta ferma al secolo prima: stessi cavi sospesi in rame, stessi pali di supporto in legno. Sulle dorsali, tradotti in impulsi elettrici, una muta di sogni famelici rincorreva i suoi desideri.

Tornando padrone di sé, seduto di fianco a Gabrielle Thiebaut sul sedile posteriore della limousine, Lazard si trovò sospeso tra la confidenza inespressa e il timore reverenziale.

– Questo è Cape Cod – si limitò a constatare.

Il cielo che sovrastava il panorama era di un azzurro cristallino, il vento aveva spazzato via le nubi e uno stupore etereo incombeva sull'estremo lembo di terra e sulla superficie d'acqua che lo delimitava, da un lato e dall'altro. Le ultime nuvole bianche formavano un triangolo alto e lontano nella volta dell'oceano. La superficie dell'Atlantico era mossa da plastiche onde di colore che si spingevano placidamente a riva.

– Siamo quasi arrivati.

L'auto abbandonò la carreggiata e imboccò un sentiero sterrato. Di tanto in tanto le colline sembravano cedere il passo alle dune. La limo prese per un viottolo che s'inerpicava su una collina e si lasciò la spiaggia alle spalle.

Dalla natura selvaggia emerse una costruzione in cemento armato. Il suo stile non era minimamente integrato con quello dell'architettura del posto: nessun tetto spiovente, né assi imbiancate. La struttura sembrava coniugare una sua spartana funzionalità con un'estetica vagamente militare: poteva essere scambiata per il presidio di una guarnigione o una postazione bellica, e Lazard non si sarebbe sorpreso di scoprire che fosse provvista di un bunker.

La limousine si fermò e Lazard seguì Madame Thiebaut fuori dalla vettura. Notò l'ampia vetrata panoramica che la casa volgeva a ponente e, oltre la sua sagoma affilata, il profilo rapace di un elicottero.

L'autista lo raggiunse e gli porse il bagaglio prelevato dal cofano.

– Mi segua – disse la donna.

Lazard s'incamminò dietro di lei su per una scaletta di legno, la sabbia che strideva sotto le loro scarpe.

Il committente lo attendeva nel vasto salone, arredato con gusto moderno e senza fronzoli. Il soffitto era alto, e il secondo piano della casa si affacciava da un ballatoio con i corrimano cromati, specchiandosi nel lucido parquet di quercia.

Per quanto gli avevano dato modo di vedere dell'esterno e degli interni, l'edificio avrebbe potuto assolvere al ruolo di casa delle vacanze, o meglio di ritiro occasionale; oppure essere semplicemente un appartamento d'appoggio per ospiti illustri o conduttori benestanti.

La parete-finestra che aveva visto scrutava le colline che formavano l'ossatura della penisola. Lazard pensò che dal piano superiore avrebbe avuto modo forse di intravedere l'azzurro della baia di Cape Cod. La sala aveva un corpo centrale principale e due diramazioni. Quella di levante era simmetrica all'altra, con una vetrata che dava su un terrazzo, affacciato sulla spiaggia sottostante e sulle onde vellutate dell'Atlantico.

– Monsieur Lazard – lo accolse l'uomo che lo attendeva seduto in poltrona, a contemplare il panorama dell'oceano, – sono contento che abbia accettato il nostro invito.

– Tutto merito della vostra Madame Thiebaut – rispose Lazard, laconico.

L'uomo si alzò con la padronanza del padrone di casa. Aveva una faccia larga ma anonima, capelli bianchi dalla stempiatura profonda, prossima a degenerare in calvizie, e qualche chilo di troppo. Vestiva una casacca casual, a metà tra un kimono e una divisa militare. Gli occhi erano profondi, le basette ispide, ma per il resto la pelle del viso era liscia, la rasatura impeccabile. Per quanto potesse essere ricco o potente, Lazard non riuscì a riconoscere il suo volto, per associare ai lineamenti un nome preso dalle cronache mondane, o dalle pagine dell'attualità politica o del supplemento economico.

– Oh, sono certo che avrà saputo esercitare e far valere le sue migliori doti persuasive. Io sono Allen Castries – Gli porse una mano, che Lazard strinse vincendo un inspiegabile senso di disagio. – La prego, si accomodi, beve qualcosa?

– Acqua – accettò Lazard. – E poi gradirei un caffè espresso, se non le reco troppo disturbo.

– Nessun disturbo. – Castries rivolse uno sguardo eloquente a qualcuno dietro di lui. Lazard, che non aveva visto nessuno mentre attraversava la stanza, immaginò che fosse un cameriere, manifestatosi all'occorrenza per raccogliere la sua ordinazione. – Se deciderà di proseguire nel rapporto di collaborazione che la nostra Gabrielle ha avuto modo di prefigurarle, farà bene ad abituarsi in fretta alle comodità di South Truro Hills Mansion. Il personale della casa è a sua completa disposizione, ventiquattro ore su ventiquattro, ogni giorno della settimana.

Castries rivolse un'occhiata a Gabrielle, che colse senza esitazioni l'invito a parlare. – Abbiamo un cuoco e quattro cameriere che lavorano su turni di dodici ore. Nella rimessa è parcheggiata un'auto che potrà usare per i suoi spostamenti, ma se preferisce abbiamo messo al suo servizio un autista.

– E per ogni esigenza potrà sempre far riferimento a Gabrielle.

Una cameriera dalle fattezze asiatiche li raggiunse, posando sul basso tavolinetto di vetro un vassoio con l'acqua e il caffè per Lazard, un Martini rosso per Gabrielle e un bicchiere d'acqua per Castries. Il cliente estrasse un contenitore metallico da una tasca della giacca, ne cacciò due pillole e le mandò giù con un lungo sorso d'acqua.

– Scusatemi – disse, prima di riprendere. – Prego, servitevi pure – aggiunse all'indirizzo di Lazard e Thiebaut.

– Grazie – disse Lazard, prendendo un cucchiaino dalla zuccheriera. – Se non le spiace venire al punto, sono curioso di conoscere cosa preveda l'accordo che volete propormi.

Castries sorrise, scoprendo denti regolari e bianchi. Ricostruzioni, con ogni probabilità. Ma costose e di qualità. – Mi piacciono le persone dirette. Vede, io ammiro quello che fa. Purtroppo per me, non sono un grande intenditore né un esperto, ma so quello che voglio. E per questo, per sopperire alle mie lacune, mi rivolgo ai migliori in circolazione sulla piazza. È il motivo per cui mi circondo di persone come Gabrielle, e tendo a fidarmi se Madame Thiebaut mi assicura che l'uomo giusto per questo lavoro non può essere che lei.

Lazard si portò la tazzina alle labbra. Miscela italiana, aroma forte e deciso. Al solo profumo poteva già sentire la caffeina ronzare lungo i nervi.

– Mi ha mostrato qualcuno dei suoi lavori. E da quello che ho visto non posso che darle ragione: ci troviamo di fronte al nuovo Han van Meegeren, non è così? – Ammiccò a Gabrielle, che rispose con un sorriso di compiacimento appena contenuto.

– Nel mio campo non ci sono abbastanza Vermeer – sentenziò Lazard.

– Oh, Mister Lazard, ognuno ha il *suo Vermeer*!

– Il mio credo di non averlo ancora trattato. Per quanto la mia carriera sia stata lunga, e non certo priva di soddisfazioni.

– Vede, Mister Lazard, fin da quando ero giovane ho un'ossessione. Le ho detto che non sono un intenditore, ma forse non è esatto. Le mie conoscenze tendono a essere diffuse e generali, ma nelle ossessioni so essere molto selettivo e preciso. Perfino chirurgico, direi. E fin da quando ero giovane ho un sogno: rivivere lo stupore che provai la prima volta di fronte a un'opera di Edward Hopper.

Il nome esplose nelle sue orecchie come uno sparo. Se lo era aspettato, ma l'attesa non rese il colpo più leggero o facile da incassare. E la gloria della prospettiva presto commutò nella consapevolezza angosciante delle difficoltà poste dall'incarico che gli si andava prospettando.

– Sono convinto che, se è giunto fin qua, il nome non la coglierà di sorpresa. Come saprà di sicuro, l'effetto suscitato da uno stimolo non riesce mai a replicare il picco delle prime volte.

– È l'assuefazione al capolavoro, una sorta di sindrome di Stendhal, ma graduale e associata a una sensazione di generale benessere. Proprio per questo si dimostra particolarmente subdola e ancora più deleteria della sua variante più nobile e rinomata.

– In questo l'arte si rivela sorprendentemente affine alle droghe o al sesso. Agisce sulle stesse aree del nostro cervello e la stimolazione dei centri del piacere conosce un culmine commisurato all'intensità dell'esperienza.

– È una specie di legge matematica: anche aumentando il dosaggio, o l'esposizione, l'intensità emotiva tende a scemare. Non si sgarra.

– Conosco a memoria ogni singolo lavoro di Hopper, posso vantare almeno una dozzina di tele originali nella mia collezione privata, ma ormai sto invecchiando e mi sembra che ogni volta che i miei occhi si posano sulla tela quello che il mio sistema nervoso centrale è in grado di intercettare non sia altro che l'eco del piacere delle primissime visioni. Fortunatamente la tecnologia viene in soccorso delle menti labili come la mia.

Castries rivolse un altro sguardo d'intesa a Gabrielle. – Almeno, quelle provviste di un adeguato conto in banca, non è così? – Ammiccò con aria complice. – Tutto ciò di cui abbiamo bisogno è un vero tocco d'artista, combinato a un semplice facilitatore chimico. Si dà il caso che una delle mie compagnie detenga il brevetto proprio per quest'ultimo ritrovato. Lei, Mister Lazard, rappresenta l'altro termine dell'equazione.

– Lei vuole un nuovo Hopper per poter provare la stessa intensità emotiva della prima volta? È per questo che ha bisogno di me…

– Non è esatto. – Castries scosse la testa. – Quello che le chiedo è di ricostruire il non-visto nei dipinti del grande maestro. Cogliere l'essenza della sua pittura per ricreare quello che non ci è dato vedere, esplorare gli angoli nascosti, occultati da Hopper agli occhi di tutti meno che dei protagonisti delle sue tele. Sto parlando di estrapolare l'ignoto da ciò che conosciamo. – Dopo una pausa di riflessione, riprese con rinnovato vigore: – Ah, sì! Avete discusso i termini economici con Madame Thiebaut?

– Solo accennati, per la verità – intervenne Gabrielle, materializzando una duplice copia di fogli in carta intestata della Castries Amalgamated. – Questo contratto contiene tutti i dettagli. In estrema sintesi: lei si impegna a fornire i servizi per cui viene assunto, come Monsieur Castries le ha appena illustrato. Si sottoporrà a dei *check-up* di routine e non avrà diritto di rifiutarsi. A ogni modo, il contratto non contiene restrizioni di nessun tipo sull'uso di stupefacenti. Il suo compenso si articolerà in due voci: una retribuzione settimanale che le verrà corrisposta in ogni caso, pari a ventimila dollari alla settimana, al netto delle tasse. Più un premio di risultato a lavoro ultimato, dell'ammontare di trecentomila dollari per ogni opera che sarà riuscito a produrre, con l'unica condizione che superi il vaglio di una commissione di esperti nominati allo scopo.

– Critici d'arte – commentò Castries, visibilmente divertito, – la nemesi di ogni artista!

– Tutto qui? – chiese Lazard, scorrendo le righe dell'accordo.

– In cambio lei si impegna a non divulgare notizie acquisite nel corso di questo rapporto con il signor Castries, a prescindere dalla loro natura. Sull'intera operazione vige il più stretto riserbo.

– Durata?

Gabrielle e Castries si scambiarono un'occhiata dubbiosa.

– Non è prevista scadenza – rispose la donna.

Nella sua rilettura critica delle strategie pittoriche di Hopper, il poeta Max Strand aveva scritto: "*Spesso ho l'impressione che le scene nei dipinti di Edward Hopper appartengano al mio passato. Forse perché ero bambino negli anni '40 e il mondo che vedevo era più o meno quello che vedo quando guardo i quadri di Hopper oggi. Forse perché il mondo adulto che mi circondava pareva altrettanto remoto di quello che si manifesta nella sua opera. Quali che siano i motivi, è un dato di fatto che guardare Hopper è inestricabilmente connesso a ciò che vedevo in quei giorni. Gli abiti, le case, le strade e le facciate dei negozi sono gli stessi. Da bambino, ciò che vedevo del mondo al di là dei miei immediati dintorni, lo vedevo dal sedile posteriore dell'automobile dei miei genitori. Era un mondo colto al volo, di passaggio. Era immobile. Godeva di vita propria e non sapeva – né gli importava – che io vi capi-*

tassi per caso in un dato momento. Come il mondo dei quadri di Hopper, non ricambiava il mio sguardo".

I lavori di Hopper spesso trattano luoghi del viaggio: ferrovie, strade; luoghi di passaggio o di sosta temporanea. Davanti a loro l'osservatore si trova alle prese con la spinta a proseguire e la curiosità di soffermarsi a investigare una scena colta di sfuggita. E contrariamente alla convinzione diffusa – legata a una lettura della sua opera secondo i termini della nostalgia, della solitudine e dell'alienazione – esprimono spesso un contrasto di qualche tipo. C'è sempre qualcosa di irrisolto, dietro all'apparente quiete di facciata. Lo scorcio di un sottobosco, muraglie fitte di alberi che irrompono con un'ambigua e frastagliata oscurità nel panorama pulito e ordinato delle sue cittadine, proiettando un'ombra d'insicurezza sullo spettatore.

Come in *Seven A.M.*, dipinto del 1948. Per Lazard, al di là della compostezza geometrica della vetrina ancora chiusa, era come se il pittore avesse voluto mettere in scena l'intricata trama degli impulsi e dei desideri che si agitano nel subconscio. Anche il bosco immerso nella quiete surreale che costeggia la strada in *Gas*, tra le più famose di Hopper, si tinge di una consistenza minacciosa nel progressivo assorbimento dei tronchi nell'ombra, così come pure nel grumo di oscurità palpitante che sembra attendere in fondo alla strada: il cielo azzurro sembra velarsi di foschia, mentre gli alberi tracciano una corsia obbligata per i pensieri, costretti a concedersi – a perdersi – in quella tenebra primordiale.

Anche per questo Lazard non concordava pienamente con l'interpretazione di Strand. Lazard era stato bambino negli anni '80. Il mondo che aveva visto Hopper era tramontato, eppure Lazard non riusciva a scacciare la sensazione che appartenesse anche al suo passato individuale. Era come se il pittore americano avesse saputo cogliere forme archetipiche da tradurre in luce e geometrie, rubandole all'iperuranio delle idee primigenie in un gesto prometeico, per condividerle con il resto dell'umanità.

Non sapeva dire se per tutti fosse così. Ma ogni volta che si soffermava a contemplare le luci tremolanti di *Squam Light*, in cui il maestro elaborava attraverso la propria sensibilità la lezione francese dell'impressionismo, si sentiva sopraffare dalla certezza che Hopper fosse andato a pescare quelle sensazioni direttamente nel placido lago in cui confluivano le memorie collettive dell'umanità.

Sentiva il rotore dell'elicottero alzarsi di giri, rimbombando tra le pareti e i vetri di South Truro Hills Mansion, mentre si allontanava in direzione della baia.

– Le mostro lo studio – disse Gabrielle.

Ancheggiò ancorando l'attenzione di Lazard con il potere magnetico delle donne in movimento. L'archetipo delle hostess lo colpì mentre salivano la rampa di rovere verso la loggia, esercitando il potere alchemico che trasmuta ogni scala in una passerella.

– Lo studio occupa la maggior parte del piano – spiegò Madame Thiebaut. – C'è spazio poi per la sua camera, un piccolo soggiorno con angolo cottura e un bagno. Se vorrà, qua sopra sarà del tutto autonomo. Le altre persone presenti in casa hanno l'ordine di non disturbarla...

Ma le parole della donna avevano già iniziato a sfumare in lontananza. Gli occhi di Lazard avevano intercettato qualcosa che reclamava la totalità della sua attenzione. Alle pareti avevano incrociato una selezione di opere del maestro. C'erano *Cape Cod Evening* e *Stairway*, *Summer Evening* e *Road in Maine*. Il faro su *Lighthouse Hill* lanciava messaggi in codice sulla placida distesa oceanica del suo subconscio. *Pennsylvania Coal Town* lo sommerse con l'intensità sovrannaturale della luce che avvolge il vecchio minatore, prefigurandogli l'estasi della trascendenza. Rifletteva bene il sentimento di Lazard, reso euforico dall'incarico appena ricevuto.

– Castries vuole vedere con gli occhi di quest'uomo – sussurrò davanti al dipinto.

– Il lavoro di Hopper è ricco di rimandi, di risonanze, e di zone d'ombra da scoprire.

In quel momento, il sole si abbassò sotto il telaio della finestra panoramica e inondò con un fascio di luce ambrata il volto e i capelli di Gabrielle Thiebaut. Lazard si sentì cogliere con violenza da un'epifania.

– Cosa... – cominciò a protestare la donna, ma l'obiezione si spense sulle sue labbra rosse.

Lazard la aveva afferrata per una spalla e per un fianco, spingendola per ridefinire la sua posizione nello spazio. La prese per le braccia e la guidò in una posa innaturale. Quando parve soddisfatto, la lasciò andare, staccandosi dal suo corpo di scatto, come se il contatto non ci fosse mai stato, e continuando a guardarla per accertarsi che lei non si muovesse.

Nel punto in cui l'aveva trascinata, con il ginocchio destro leggermente sollevato in avanti, una mano nascosta dietro la schiena, il braccio destro sollevato contro un invisibile sostegno, Gabrielle si stagliava nel sole come la protagonista di *Summertime*. Era un miraggio, un sogno fattosi carne. La donna si voltò verso il settimo quadro affisso alla parete e riconobbe la rappresentazione in cui Lazard la aveva istintivamente coinvolta.

Istintivamente, Gabrielle protese il seno verso il sole. E attese nel piacevole tepore che avvolgeva i suoi sensi, inebriandoli, che la mano del pittore si mettesse all'opera per scioglierle i capelli.

– Hopper non dipingeva quasi mai in esterni, lo sapevi?

Gabrielle si rigirò tra le lenzuola, stendendosi supina. I seni erano frutti maturi che splendevano nell'estate del suo corpo.

Lo guardò senza dire una parola. Sembrava volesse calarsi nel ruolo della donna di Hopper, quella trasfigurazione eterna di sua moglie Jo che riviveva in tutte le figure femminili dell'artista, stilizzate ed enigmatiche.

– La luce esterna è troppo labile, sfuggente. Richiede prontezza e tempestività per essere colta nella sua pienezza. Hopper era un tipo riflessivo. Fedele alla massima romantica di Wordsworth, traeva forza dalle "*emozioni rielaborate nella tranquillità*". Lavorava lentamente. Il primo viaggio nella memoria, in ogni suo quadro, è quello dell'autore.

Intorno a loro, il parquet e le pareti della camera di Lazard erano tappezzati di schizzi, acquaforte e acquerelli campeggiavano in una moltiplicazione di sguardi e prospettive.

– La luce, nei suoi lavori, non celebra mai la gloria dell'attimo, com'era stato per gli esponenti americani del luminismo. Ma è prima di tutto il ricordo di un'emozione. E in seconda battuta diventa lo strumento per fissare nella forma quella sensazione, per riportarla in vita e congelarla nel rigore della geometria. Al di fuori del tempo.

La luce diffusa del pomeriggio inoltrato si avviava a spegnersi nella sera. Il cielo gli ricordò il senso di magica sospensione di *House at Dusk*, con le fronde degli alberi che incombono sui tetti dell'edificio in pietra e il contrasto tra le ombre della sera e le luci delle finestre e del lampione, ma soprattutto con la luminosità del cielo che rievoca i sognanti crepuscoli del simbolismo e anticipa l'ossessione di René Magritte per l'Impero delle Luci.

Lazard andò a sedersi sul letto, allungò una mano per accarezzare il sesso umido di Gabrielle.

– Hai deciso su quale quadro comincerai a lavorare? – gli chiese la donna.

– Non ancora. Mi stavo chiedendo… quelle pillole che assume Castries, per attenuare le resistenze del sistema nervoso centrale. Il facilitatore chimico, come lo chiama lui. Cosa accadrebbe se potessi assumerle durante il processo creativo?

– Non ne ho idea. Magari potresti non accorgerti nemmeno della differenza.

– Pensi di potermene recuperare qualcuna? Potresti farlo, per me?

Se la chiave era nascosta nella geometria, Lazard poteva scomporre i volumi per trovare il passaggio segreto nascosto sotto la superficie delle tele.

Aveva meditato a lungo sulle soluzioni adottate da Hopper in *Rooms by the Sea* prima, e poi riprese negli ultimi anni in *Sun in an Empty Room*. La luce che colpisce simultaneamente due spazi diversi, il corso del tempo che interseca i volumi delle nostre esistenze, tuttavia incolmabili dopo la nostra partenza dai luoghi della memoria. Più del mare immobile del primo, troppo schematico e incline a tradire la propria natura simbolica, era stato lo scorcio selvaggio che s'intravede appena nell'altro che continuava ad ammaliarlo.

La natura di Hopper, pur nella sua semplicità, lo ossessionava. Era essenziale, eppure vitale: sembrava fremere sulla stessa frequenza interiore a ogni osservazione.

Aveva annotato tutto. Prendendo esempio dal metodo di lavoro del maestro, aveva preso l'abitudine di appuntarsi gli studi, le analisi, le intuizioni e perfino le divagazioni. E aveva trascorso tutta la notte e metà mattinata a cercare di sintetizzare un giallo sufficientemente efficace.

Quando Gabrielle entrò nello studio lo trovò riverso a terra. Aveva le mani e il viso imbrattati, ricoperti da una pellicola uniforme e oleosa di colore. Un giallo adatto al mattino di Cape Cod, come pure al fascio di luce che nell'alba proietta le ombre del passato tutto intorno alla protagonista nuda di *A Woman in the Sun*.

– Voglio che tu smetta. – Il tono di Gabrielle era perentorio, risoluto, come Lazard non l'aveva mai sentito.

E adesso stentava a convincersi delle sue parole.

– Smetterla! E perché? Sono vicino… ho la chiave a portata di mano.

– La tua ossessione ti distruggerà.

– È il mio lavoro – replicò lui. – E nel caso ci fosse bisogno di ricordarmelo, tu qui rappresenti il mio committente. Dovresti fare i suoi interessi…

Lei lo scrutò in silenzio, cercando di regolare la pressione della rabbia che gli montava dentro. Gabrielle, nella sua acconciatura impeccabile. Gabrielle, che vestiva tailleur firmati da cinquemila dollari comprati nelle gallerie di lusso di Londra, Parigi, Tokyo, New York, Shanghai e Mosca. Gabrielle, che si era prestata a recitare per lui il ruolo di Jo, esplorando con Lazard gli angoli più remoti e solitari di Cape Cod, i casolari abbandonati di Truro, le spiagge deserte costeggiate dai boschi, i fari protesi ad adocchiare orizzonti lontani. E che aveva instaurato con lui un gioco fatto di sensualità e ricatto, in una tensione erotica costante.

Gabrielle trovò la forza di raccogliere le parole. – Questo lavoro ti sta logorando – disse. – A cosa ti potrà mai servire, un talento che ti tiene sempre sull'orlo dell'autodistruzione? Ti sei guardato allo specchio? Da quanto non mangi qualcosa? Quante settimane sono che te ne stai barricato nel tuo studio con i tuoi schizzi e le tele lasciate a metà, che poi ogni volta distruggi? Ti stai annientando....

Il tempo, pensò Lazard. Gli sembrava solo ieri che cominciava con Jo... no, con Gabrielle, i suoi studi di esposizione agli elementi della natura e alla luce, per riprodurre il *mood* dei soggetti di Hopper: all'inizio era stato *Summer Evening*, poi erano venuti *South Carolina Morning*, *Morning Sun*, *Hotel Room*. Era stato con quegli esercizi di assimilazione dell'arte pittorica del maestro che aveva iniziato a mettere una distanza tra lei e se stesso. Era iniziata lì la separazione, l'allontanamento che aveva ormai raggiunto misure siderali.

Capì che la distanza era diventata ormai incolmabile.

– Ci sono quasi, Gabrielle – disse infine, sentendosi improvvisamente debole e vecchio. – Stai tranquilla, questa volta ho il mio obiettivo. E Castries avrà il suo. Poi andremo via. Io e te, da soli. Per sempre.

Lazard posò il pennello e contemplò il risultato. Sentì montargli dentro un senso di realizzazione. L'opera era compiuta. Il lavoro che gli avrebbe consegnato una gloria eterna benché segreta era davanti a lui e gli rivelava ciò che un minatore della Pennsylvania aveva creduto di scorgere nella luce del sole al tramonto, nella più terrena e stupefacente delle illuminazioni.

Chiamò Gabrielle, ma South Truro Hills Mansion era deserta. La cameriera si era volatilizzata. Nessuna traccia del cuoco e dell'autista.

Dov'erano finiti tutti?

Fuori la sera bussava alle porte.

Lazard prese la giacca e scese le scale. A metà dell'ultima rampa il suo sguardo incontrò la porta aperta, oltre la quale la vista si apriva sul crinale delle colline di Truro: erba alta, seccata da un'estate troppo calda e dai primi gelidi venti da nord. E ombre dense, fitte, che si ammassavano con gli alberi in grumi densi di mistero.

Esitò. Poi varcò la porta, nell'aria salmastra dell'oceano. Aveva lasciato la Buick davanti alla porta dell'autorimessa. Si mise alla guida e si lasciò spettinare dal vento, mentre percorreva le strade sterrate della penisola.

Le colline indugiavano nei colori del tramonto, un'antica memoria di luce ambrata.

Oltrepassò la piccola stazione della cittadina e costeggiò la ferrovia mentre l'orizzonte si arrossava.

Cosa avrebbe trovato alla fine della strada?

Immaginò Gabrielle, in top, seduta di traverso sulla balaustra a prendere il sole, che guarda giù dal secondo piano verso la strada in attesa del suo arrivo. I suoi seni sodi, i capelli schiariti dal sole, la pelle baciata dalla luce, ma sedotta dalle ombre.

Gabrielle era partita. Lo aveva lasciato solo, con le sue tele, i suoi colori a olio, le sue ossessioni private.

La strada lo condusse a una casa solenne, provvista di una *grandeur* ormai superata dalla storia. A guardarla da fuori, sarebbe stato difficile dire se fosse o meno ancora abitata. Ma si stagliava fiera contro un cielo che si era fatto alieno, per quanto si era prolungata l'ora blu della sera. Era una reliquia del tempo, ma anche un monumento alla resistenza e all'insubordinazione: il suo incombere sulla ferrovia e la strada da cui la Buick la stava approcciando era un gesto di disobbedienza, che rivelava tutta la forza di volontà di cui l'edificio era provvisto.

Lazard fermò la macchina e scese. Sotto il portico, bussò alla porta. Lo accolse una cameriera dallo sguardo impassibile e distante, annunciandogli che c'era ancora una stanza libera per la notte, e che l'indomani la colazione sarebbe stata servita all'alba, sul patio nel retro.

All'alba Lazard si sveglia e interrompe l'atto di alzarsi bloccandosi sul bordo del letto. Raccoglie le forze, poi si muove verso la finestra. Il panorama delle colline gli è familiare: sembra un'istantanea del suo passato, anche se non riesce a circoscrivere la dimensione temporale del racconto.

Scende di sotto. Il patio è affollato da un gruppetto di persone. Hanno già consumato la colazione e ora si godono il calore del sole che nasce dalle colline, concedendosi un prolungato istante di relax prima di tornare alle rispettive incombenze.

C'è ancora una sedia libera.

Lazard si siede e una donna gli passa un volume rilegato. La copertina è di pelle, ma non reca altri segni distintivi. Manca il titolo.

Lazard sfoglia le pagine: simboli indecifrabili si succedono sulla carta. Trova impossibile decriptare il codice, ma si lascia assorbire dall'intensità della scrittura.

– Sospendi la lettura – gli consiglia una voce dalla sua sinistra. Lazard non si volta a guardare. Si culla nell'idea balzana che quella voce possa appartenere a Gabrielle. – Volgi lo sguardo al vento. Lo spettacolo sta per iniziare.

Lazard sente il calore della luce sulla pelle. Il nuovo giorno, ne è certo, gli porterà una nuova, diversa consapevolezza.

– È tutto pronto, signore – annunciò l'inserviente. – Quando vuole, si può accomodare.

Sulle cause che avevano spinto Gabrielle ad abbandonare il suo ambito – e lautamente remunerato – incarico, avrebbe potuto indagare in un secondo tempo. Castries chiuse il quaderno con le annotazioni del se stesso bambino e indugiò ancora una volta sui colori sgualciti della copertina, con quello scenario tanto alieno da spiazzare l'osservatore.

Lo ripose nella ventiquattrore e chiuse la serratura a combinazione.

Al piano di sopra, il dipinto era stato disposto secondo le sue indicazioni, per trarre la massima amplificazione dalle condizioni ambientali. Fuori da South Truro Hills Mansion le onde dell'oceano si frangevano sulla spiaggia, il vento portava dalla baia un profumo di legna bruciata, essenza inconfondibile dell'autunno.

La luce del tardo pomeriggio convergeva sulla tela. Era stata appesa in alto, come aveva esplicitamente richiesto. Lazard era stato un tipo in gamba, peccato che non avesse potuto condividere quel momento.

L'inserviente lasciò che Castries si avvicinasse al quadro, tenendosi discretamente in disparte. Dopo qualche minuto, percepì una variazione nell'umore del padrone. Si avvicinò con passi cauti.

– Fai predisporre la sala – ordinò Castries, sentendo la distanza dal resto del mondo aumentare, in una sorta di *effetto vertigo*. – E manda su i tecnici per scansionare la tela. Abbiamo il nostro tassello mancante.

Avrebbero reso incolmabile la distanza dal mondo. Castries avrebbe finalmente avuto il paradiso privato, sospeso fuori dal tempo, che aveva tanto a lungo inseguito. Si sarebbe perso nel suo stupore come avrebbe fatto nelle acque del Lete per lavarsi dei suoi trascorsi, e com'era accaduto probabilmente a Lazard, che adesso biascicava parole sconnesse sulla spiaggia sfidando il vento gelido che soffiava da nord. A differenza dell'artista, Castries conosceva però l'importanza del controllo. Si sarebbe fatto guidare fuori dall'esperienza prima del superamento del punto di non-ritorno. E sarebbe tornato per guardare il mondo con occhi adatti a un tempo nuovo.

NOTE BIOBIBLIOGRAFICHE DEGLI AUTORI

Umberto Pace

Nato nel 1966, ha lavorato come riparatore di elettrodomestici e infissi, prima di laurearsi.
Ha insegnato nelle scuole e dal 1996 lavora come programmatore.
Ha pubblicato due saggi brevi e alcuni racconti.

Lukha B. Kremo

Laureato in Storia medievale, ha lavorato come correttore di bozze per Rizzoli, Mondadori e per la Shake Edizioni.
Personaggio eclettico, comincia a scrivere fantascienza nel 1990, pubblicando molti racconti in varie antologie e riviste e i romanzi *Il Grande Tritacarne*, originale esempio di fantascienza alla Samuel Delany, *Storie di Scintilla*, romanzo a episodi non fiction, *Gli occhi dell'anti-Dio*, finalista al premio Urania (Mondadori) nel 2007, e *Trans-Human Express*, nuovamente finalista al premio Urania nel 2009, che s'ispira alla fantascienza catastrofica, libri poi usciti per Kipple Officina Libraria. Ha scritto molti racconti, tra cui *L'incanto di Bambola* (Supernova Express - Antologia manifesto del Connettivismo, Ferrara edizioni, tradotto in inglese come *The Dolly Affair*, in: Next International), *137* (in: Frammenti di una rosa quantica, Kipple), *Casa dolce casa* (in: Robot 62, Delos) e *Il gatto di Schrödinger*, che nel dicembre 2011 è stato 1° in classifica tra gli eBook per Kindle su Amazon.it. Nel 2014 è uscita la sua prima antologia personale, *L'abisso di Coriolis*, Edizioni Hypnos.
Ha fondato la Kipple Officina Libraria ed è condirettore della collana di letteratura fantastica *Avatär,* per la quale ha curato l'antologia del connettivismo (di cui fa parte dal 2005) *Frammenti di una rosa quantica* (2008).
Prende parte alla mail art dal 2000 e, in questo contesto, nel 2004 crea la micronazione Nazione Oscura Caotica, che nel 2009 acquisisce la Neorepubblica di Torriglia, celebrando la Repubblica partigiana di Torriglia del 1944, e nel 2014 acquisisce "Livorno Città Aperta".
A livello non professionale ha pubblicato diversi Cd di musica elettronica sperimentale con lo pseudonimo di Krell.
Dopo aver vissuto molti anni a Milano, si divide tra Livorno, Torriglia (provincia di Genova) e Gran Canaria (Spagna).
Siti web - http://www.kipple.it - http://kippleblog.wordpress.com
Account Twitter: @nazioneoscura

Filippo Carignani Battaglia

Connettivista e grande creativo, ha scritto, disegnato e suonato con diversi pseudonimi, tra cui Leo Bulero.

Ha pubblicato la raccolta di brevi brani narrativi e lirici *Pezzi di Dio tra i denti*, disponibile in versione digitale.

Sono in uscita i romanzi *I ragazzi sugli scaffali* e *Mentre l'Italia brucia*.

Con il nome di dj Electric Buddha ha prodotto acid house per diversi anni e con quello di Uduvicio Atanagi sta lavorando a un fumetto.

Blog personale: unatombaperglialieni.blogspot.it

Marco Milani

Nato a Como il 5 maggio 1964. Residente a Stienta, provincia di Rovigo.

E-writer e scrittore principalmente di science-fiction, fantastic e horror. Tra i fondatori della rivista NeXT e del Movimento connettivista. Fino al 2013 editore e curatore con Eds e webmaster di Domist - Letteratura e Pace, nel cui ambito ha collaborato con varie associazioni, editori, e-zines e siti. Premio Kipple 2014.

Pubblicazioni cartacee:
   – *Sognando e dintorni* (2004 – Prospettiva Editrice), in tedesco *Träume und Ähnliches* (2007 – Eloy Ediction)
   – *HSF* (2005 – Prospettiva Editrice)
   – *Evoluzione 14* (2007 – Magnetica Edizioni)
   – *Godzilla e altri sogni* (2008 – EDS)
   – *Il guerriero di luce* (2009 – riv. EDS © 2006)
   – *Ptaxghu 6* (2010 – EDS) con Sandro Battisti
   – *Progetto Terra 2017* (2010 - EDS)
   – *Il tao per tutte le occasioni* (2011 - EDS)

Pubblicazioni digitali:
   – *Evoluzione 14* (2007 – Magnetica Edizioni)
   – *Godzilla e altri sogni* (2008 – EDS)
   – *Il guerriero di luce* (2009 – riv. EDS © 2006)
   – *Ptaxghu 6* (2010 – EDS) con Sandro Battisti
   – *Progetto Terra 2017* (2010 - EDS)
   – *Indeed Stories* (2012 - EDSebooks) è un progetto digitale in 6 parti a raccogliere oltre 20 anni di racconti, rivisitati e suddivisi per categoria tematica.

– *Lab-U* (2014 - EDSebooks-GDS)
– *The Origins* (2014 - Kipple Officina Libraria) con Giovanni De Matteo, Sandro Battisti, Lukha B. Kremo.

Siti Web:
http://www.domist.net
http://ioscrivofanta.blogspot.it
http://connectiveworld.wordpress.com

Domenico Mastrapasqua

Ha pubblicato racconti, saggi e poesie, nonché curato antologie narrative con le case editrici Bietti, Edizioni Diversa Sintonia, Delos Books, Libro Aperto Edizioni e Kipple Officina Libraria – con la quale, nel 2011, con il racconto *Zombie Carpocalypse*, ha vinto il premio Short-Kipple.
Ha pubblicato recensioni e altri saggi e racconti con il portale del Connettivismo The NeXT Station e con le riviste *Verde* – pubblicata mensilmente a cura di Pierluca D'Antuono e Alda Teodorani – e *NeXT* – bollettino trimestrale di cultura connettivista curato da Sandro Battisti.
Ultima pubblicazione è il racconto Le decadenze concentriche, pubblicato in versione digitale da Kipple Officina Libraria.

Sandro Battisti

Roma, maggio 1965. Autore di fantascienza, è uno dei fondatori del movimento letterario del Connettivismo.
È tra gli autori pubblicati dalla Giulio Perrone Editore nella raccolta di racconti *Noir no War*, nell'antologia Connettivista *Supernova Express* (Ferrara Editore) e in *Frammenti di una rosa quantica* (Kipple Officina Libraria), la seconda antologia del movimento; è curatore (e autore di un racconto) per la terza antologia del Connettivismo *A.F.O. - Avanguardie Futuro Oscuro* (EDS e Kipple Officina Libraria).
Collabora con il sito Fantascienza.com, mentre è tra i cofondatori della rivista *NeXT*, che ora dirige. È sceneggiatore di fumetti per la Cagliostro ePress e, assieme ad altri connettivisti, ha scritto il cortometraggio *La trentunesima ora*, partecipandoci come attore non protagonista.
Nel 1991 ha pubblicato un racconto sui *Mille Lire* di Stampa Alternativa dal titolo *Il gioco*.

Fernando Fazzari

Nato nel 1981 in Suditalia, vive a Firenze.

Racconti (su carta):
- *Un battito di ciglia* (in Con.tempo), Con.tempo #0, 2014
- *Dormono soltanto* (in Notturno Alieno), Bietti, 2011
- *Switchmaster (Mad for guitar!)*, Fausto Lupetti Editore, 2011
- *È la guerra* (in Avanguardie Futuro Oscuro), EDS, 2009
- *Rapporto di maggioranza*, con Giovanni De Matteo (in Scorrete lacrime, disse lo sceriffo), Laboratorio Crash!, 2008
- *L'istante gelido* (in Frammenti di una rosa quantica), Kipple Officina Libraria, 2008
- *Il ragnetto verde è morto* (in Tutto il nero dell'Italia), Noubs, 2007
- *Rosanna* (in Colpi di testa), Noubs, 2007
- *Il Re è morto, viva il Re!* (in Giallo scacchi), Edicere, 2007
- *Clelia* (in Supernova Express), Ferrara Editore, 2007

Racconti (versione digitale):
- *In fila per l'altro mondo*, Thriller Magazine, 2013
- *Invisible Dead*, Drowned Word, 2012
- *Berenice Cyberpunk*, The Next Station, 2011
- *Diciannoveottantuno*, Drowned Word, 2011
- *Il predellino*, Drowned Word, 2011
- *Un eroe zoppo*, Drowned Word, 2011
- *I Want You (Dead)*, Delos 123, 2010
- *Il miraggio esploso*, Next Station, 2009
- *Talpe*, Giap, 2008
- *Rosanna*, Thriller Magazine, 2006

Altro:
- *Dizionoir*, Delos Books, 2006

Roberto Furlani

Nato nel 1982 a Trieste, dove lavora come ingegnere elettronico presso un'azienda che opera nell'ambito delle telecomunicazioni.

Con i suoi racconti ha conseguito piazzamenti ai premi Courmayeur, Alien, Apuliacon, N.A.S.F., al Premio Italia, e nel 2007 è giunto secondo al Premio Silmaril.

È stato pubblicato da Delos, Perseo Libri, Lint, Fondazione, Future Shock, Racconti&Letteratura, RiLL, I Vedovi Neri, NeXT, Orient Express, URANIAsat, Terre di Confine e su antologie locali. Sue opere sono presenti nelle antologie *Futureline*, *N.A.S.F. 2 – Utopia, distopia, ucronia*, *Supernova Express – Antologia del Connettivismo*, *Frammenti di una rosa quantica* e *SuperNeXT*.

I suoi sforzi maggiori sono stati destinati alla cura della webzine *Continuum*, da lui fondata nel 1999 e pubblicata in rete dal gennaio del 2000.

Mario Gazzola

Srittore, giornalista e blogger milanese nato nel 1964.

Esordisce nel romanzo con *Rave di Morte* (Mursia, 2009); ha pubblicato racconti su Robot, Carmilla online, sulla rivista del Movimento Connettivista NeXT e sull'antologia *Frammenti di una rosa quantica* (Kipple Officina Libraria), sull'antologia *365 Racconti horror per un anno*, curata da Franco Forte per Delos Books.

Nel 2012 esce in formato ebook la sua antologia *Crepe nella realtà – tre racconti ai confini dell'umana(mente)*, che racchiude tre storie surreali: *Situation Tragedy*, *Voto segreto* e *G 25* (ALeA ebooks), sua prima pubblicazione diffusa sia in italiano che in inglese (con il titolo *Cracks Into Reality*).

È in uscita per Elara l'antologia *Operazione Europa: il nostro futuro prossimo-prossimo futuro* – quindici autori immaginano il nostro continente tra cinquant'anni, contenente il suo racconto *Il cervello rivelatore*.

Ha terminato il secondo romanzo *Buio in scena*, su una compagnia teatrale in carcere, le sue derive criminali con sfumature nell'horror occulto (soggetto ridotto anche in forma di drammaturgia teatrale inedita).

In passato ha lavorato in teatro (Centro Regionale Danza/Aterballetto), è stato giornalista rock e di cinema per diverse testate e radio, è coautore del cortometraggio *Con gli occhi di domani*, nonché cofondatore e direttore dei contenuti del sito www.posthuman.it.

Roberto Bommarito

Autore e sceneggiatore, nasce a Malta il 14 febbraio 1981.

È il primo straniero a vincere il premio Robot e il premio Short-Kipple.

Altri concorsi vinti dall'autore includono Discronia, L'invasione degli UltraCorti, Parole di vapore, Nero Estasi, Nero Lab e USAM (Una Storia al Mese).

In seguito a diverse vittorie, nel 2013 conquista il titolo di Campione di Minuti Contati. Il suo esordio come sceneggiatore avviene nel 2014 con il fumetto Vuoti.

Collabora inoltre con diverse case editrici, siti web e riviste.

Francesco Verso

Nato a Bologna nel 1973, è stato:
- Finalista al premio Urania Mondadori 2004 con *Antidoti umani*.
- Vincitore del premio Urania Mondadori 2008 con *e-Doll*.
- Vincitore del premio Odissea Delos Books 2013 con *Livido*.
- Vincitore del premio Italia 2014 con *Livido* come miglior romanzo di fantascienza italiana.
- Pubblicato in inglese dall'editore Xoum con *Livid*.

Suoi racconti sono usciti su riviste come Robot, iComics, Futuri, Fantasy Magazine e International Speculative Fiction #5.

Vive a Roma con la moglie Elena e la figlia Sofia.

Giovanni Agnoloni

Nato a Firenze nel 1976, ha pubblicato i romanzi *La casa degli anonimi* (dicembre 2014), *Partita di anime* (marzo 2014) e *Sentieri di notte* (2012; tradotto in spagnolo nel 2014), e i saggi *Tolkien e Bach. Dalla Terra di Mezzo all'energia dei fiori* (2011), *Nuova letteratura fantasy* (2010) e *Letteratura del fantastico. I giardini di Lorien* (2004).

Curatore e co-autore di *Tolkien. La Luce e l'Ombra* (2011) e co-traduttore (con Marino Magliani) di *Bolaño selvaggio* (2012), ha tradotto opere di Jorge Mario Bergoglio, Amir Valle, Peter Straub, Tania Carver e Noble Smith.

Scrive sui blog lapoesiaelospirito.wordpress.com e postpopuli.it.

Il suo blog personale è giovanniag.wordpress.com.

Denise Bresci

Ha pubblicato:
- *Quando ci incontreremo di nuovo noi tre?*, racconto noir, in Nero Liguria, Perrone Lab.
- *L'ultimo giorno*, mini racconto di fantascienza, in 365 racconti sulla fine del mondo, Delos Books.

– *Il peso del mondo è amore*, con Ugo Polli, racconto fantastico sull'immaginario degli anni '60, in *Sognavamo macchine volanti*, Cordero Editore, poi in Robot #72 (Delos Books).

– *Athena*, mini storia d'amore in 365 storie d'amore, Delos Books.

– *La porta degli annegati* – racconto horror in Sinistre presenze, Bietti.

– *Requiem*, con Ugo Polli – racconto giallo/storico ambientato negli anni '40, in NeroNovecento, Cordero Editore.

– *La consistenza degli oggetti*, pubblicato nell'ebook *Storie lampanti* della Lupo Editore, classificato secondo al concorso "Raccontare i paduli" (1° premio: 1000 euro, 2° premio: 700 euro).

– *Nessun Dubbio*, romanzo breve pubblicato da Delos Books in ebook, collana Robotica.

Si possono trovare suoi post su www.totanisognanti.blogspot.com/, un blog multiautore.

Ugo Polli

Ha pubblicato:

– *El lobo*, racconto, in NeroLiguria, Perrone Lab.

– *Il nome di Dio*, racconto, in 365 racconti sulla fine del mondo, Delos Books.

– *Pantomima*, racconto, in 365 Storie d'Amore, Editore Delos.

– *Il peso del mondo è amore*, con Denise Bresci, racconto, in Sognavamo macchine volanti, Cordero editore

– *Requiem*, con Denise Bresci, racconto, in Neronovecento, Cordero editore.

Giovanni De Matteo

Lucano di nascita e irpino di adozione, ha studiato ingegneria elettronica a Roma, laureandosi con una tesi sugli acceleratori di particelle svolta in collaborazione con l'ESRF di Grenoble. Dopo una parentesi transalpina, dal 2007 vive a Bologna e lavora nel settore delle energie rinnovabili.

Co-iniziatore nel 2004 del Connettivismo, estensore del manifesto del Movimento, considera la fantascienza un laboratorio per analizzare le dinamiche del cambiamento attraverso la prospettiva del futuro, coniugando estrapolazione scientifica, analisi sociologica e sperimentazione linguistica.

Già vincitore del Premio Robot nel 2005 con il racconto Viaggio ai confini della notte, si è aggiudicato il Premio Urania nel 2006 con il romanzo *Sezione π2* (Mondadori, 2007).

Dal 2013 ha pubblicato in e-book diversi racconti e romanzi brevi, tra cui *Codice morto*, *Il lungo ritorno di Grigorij Volkolak*, *Sulle ali della notte*, *Riti di passaggio* e *Terminal Shock 2184: Labirinti alieni*.

Il suo ultimo romanzo è *Corpi spenti* (Mondadori, 2014), che riprende le indagini della Sezione Pi-Quadro, uno speciale corpo investigativo attivo nella Napoli del futuro, i cui agenti possono estrarre dai cadaveri i loro ultimi ricordi.

Il suo blog è holonomikon.wordpress.com. Con Salvatore Proietti cura il web magazine www.next-station.org.

Indice

NeXT-Stream

OLTRE IL CONFINE
DEI GENERI

www.ingramcontent.com/pod-product-compliance
Lightning Source LLC
Chambersburg PA
CBHW071437260626
47170CB00008B/2748